REINVENTANDO
DENISE

CB013149

Agradecimentos

Rosalina diz que o Vale Feérico a faz sentir viva. Esse é o jeito mais simples para descrevermos o que é criar esta série: uma alegria tão poderosa que faz nossa vida brilhar com a magia. Muito obrigada a todos que têm participado.

Obrigada a Susan Velasquez e à equipe da JABberwocky. Sua mentoria e orientação são valiosíssimas, e somos muito gratas por ter vocês ao nosso lado.

Stevie Finegan, obrigada por tudo que faz para que nossas histórias alcancem novos leitores! Temos muita sorte de trabalhar com você.

Um enorme obrigada a todos na JABberwocky. É uma honra fazer parte da equipe.

Ajebowale Roberts, somos gratas todos os dias por trabalhar nesta série com você. Obrigada por descobrir o potencial de Rosa e dos príncipes. E obrigada à equipe da Harper Voyager/Magpie por ser o lar mais maravilhoso para os nossos personagens.

Um enorme obrigado a Anne, Beate, Camille, Carlie, Charlotte, Jamie, Kaylee, Khepri, Natasha, Olivia, Renee, Sarah, Tatjana, Taylor C. e Taylor G. Escrever um livro exige muito esforço. Obrigada por participarem dele.

De todo o coração, agradecemos aos leitores do mundo inteiro que deram uma chance a *Entre feras e espinhos* e acolheram Rosa e seus príncipes no coração. A comunidade literária on-line é um dos espaços mais amorosos, animadores e felizes para estar. Somos muito gratas por fazer parte disso. Um agradecimento especial a Hailey e Lindsay, duas amigas maravilhosas que conhecemos por causa do nosso amor por livros picantes, Pedro Pascal e Taylor Swift.

E, por fim, obrigada aos nossos amigos e familiares que defenderam as nossas histórias desde o início. À mamãe e ao papai por lerem tudo. A Graeme por nos deixar roubar suas ideias e por nos contar como funciona um cerco. À tia Jo pelas suas #jowatches [vigílias da Jo] e por sempre cuidar de nós. Amamos vocês demais!

Vamos para o próximo!

REINVENTANDO DENISE

ESCRITO & DESENHADO POR AURELIANO

Diretor-presidente:
Jorge Yunes
Gerente editorial:
Cláudio Varela
Editora:
Ivânia Valim
Assistente editorial:
Isadora Theodoro Rodrigues
Suporte editorial:
Nádila Sousa, Fabiana Signorini
Coordenadora de arte:
Juliana Ida
Gerente de marketing:
Renata Bueno
Analistas de marketing:
Anna Nery, Juliane Cardoso
Estagiária de marketing:
Mariana Iazzetti
Direitos autorais:
Leila Andrade
Coordenadora comercial:
Vivian Pessoa

1ª edição — São Paulo

Preparação de texto:
Sofia Soter
Revisão:
João Rodrigues, Camila Gonçalves
Ilustrações de capa e miolo:
Aureliano
Diagramação:
Valquíria Chagas

**DADOS INTERNACIONAIS DE CATALOGAÇÃO NA PUBLICAÇÃO (CIP)
DE ACORDO COM ISBD**

M488r Medeiros, Aureliano
Reinventando Denise / Aureliano Medeiros. - São Paulo, SP : Editora Nacional, 2023.
200 p. ; 14cm x 21cm.

ISBN: 978-65-5881-168-8
1. Literatura brasileira. 2. Romance. I. Título.

2023-1381 CDD 869.89923
CDU 821.134.3(81)-31

Elaborado por Odilio Hilario Moreira Junior - CRB-8/9949

Índice para catálogo sistemático:
1. Literatura brasileira: Romance 869.89923
2. Literatura brasileira: Romance 821.134.3(81)-31

Rua Gomes de Carvalho, 1306 – 11º andar – Vila Olímpia
São Paulo – SP – 04547-005 – Brasil – Tel.: (11) 2799-7799
editoranacional.com.br – atendimento@grupoibep.com.br

seusonhocomigo Seguindo ⌄ Enviar mensagem 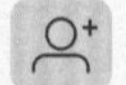 ...

REINVENTANDO DENISE

Escrito e desenhado por Aureliano

SUMÁRIO

marinalimax1

"às vezes eu quero chorar, mas o dia nasce e eu esqueço,
meus olhos se escondem onde explodem paixões
e tudo que eu posso te dar é solidão com vista pro mar
ou outra coisa pra lembrar"

01

DE QUANDO COSTURAMOS ESTRELAS NO CÉU

SEUSONHOCOMIGO

Alguma coisa aconteceu para as duas saírem correndo daquele jeito. Ou talvez, não. Talvez a própria vontade de correr já bastasse, até porque ganhavam o descampado enquanto riam loucamente. Denise ia na frente, como sempre.

— Bora! — instigou.

Bianca fazia o que podia e até avançava bem para alguém que estava usando um vestido enorme. O penteado, que resistira bravamente desde a manhã, tinha perdido o prazo de validade e, aos poucos, dava lugar à cacheadíssima cabeleira. Em um impulso último, Bianca apertou o passo e alcançou Denise, tomando a mão da amiga para que corressem juntas. Elas se olharam, eletrizadas, e sorriram com o corpo inteiro. Denise sentiu algo muito bom, como se, por um instante, tudo pudesse ser como era antes. Como se fosse possível voltar no tempo e desfazer tudo que um dia havia sido feito. Correr de tudo e todos por eternidades adentro.

Pelo menos até Bianca tropeçar no vestido e levar as duas ao chão. Caíram embaralhadas, misturando vestido, cabelo, gargalhadas e todo o espumante que beberam naquele dia sem fim. Com algum esforço, conseguiram se desenlaçar e ficaram estateladas na grama. Respiravam ainda ofegantes da corrida inesperada, enquanto apreciavam o céu noturno que se levantava.

— Lá se vai meu plano de ganhar algum dinheiro vendendo esse trambolho — disse Bianca, enquanto catava pedacinhos de grama do corselete.

— Como se você fosse ter coragem de vender esse vestido — brincou Denise.

— Como se eu fosse ter coragem de vender esse vestido — concordou Bianca, e sorriu. — Eu não sei muito o que eu teria feito se você não estivesse aqui comigo. Ainda bem que você veio.

— E você acha que eu perderia o seu casamento?

— Ora, se até o noivo perdeu!

Denise não segurou a gargalhada e precisou se sentar para conseguir parar de rir.

— Amiga, desculpa... — disse, sincera, enquanto se juntava a Bianca na impossível tarefa de catar a grama que parecia já fazer parte das fissuras do tecido.

— Não, amiga, era disso mesmo que eu precisava. — Seu olhar fugiu de Denise e se perdeu no céu estrelado. — Alguém que me tirasse daquele lugar e me lembrasse de que também posso rir de uma situação como essa. Alguém que não me tratasse como uma coitada.

— Você não é uma coitada. — Denise passou as mãos pelos cabelos de Bianca. — Só precisa de uma hidratação.

Bianca riu tanto que se contorceu no chão. Eram as duas únicas pessoas naquele campo de futebol e, mesmo tendo corrido muito, ainda enxergavam as luzes e ouviam o burburinho do circo.

Denise era bem a pessoa que levaria a amiga enjeitada no altar para uma festa de música psicodélica num circo de bairro. "Como você acha esses lugares?", Bianca perguntaria. Ou melhor: "Como que você passa cinco anos longe/incomunicável/misteriosa sem aparecer nem no Natal e, na exata semana em que decide brincar de 'de volta pra minha terra', ainda consegue ter o faro pra saber onde tá rolando o inferninho alternativo mais esquisito da cidade?". Era algo mais ou menos assim que diria, se tivesse coragem de falar do assunto.

Mais cedo, no momento em que Denise aparecera na sua frente com a chave do carro de Lúcio na mão, Bianca não pensara duas vezes. Havia se cansado cedíssimo das lágrimas que passeavam pelo rosto, do cheiro de rosas que se espalhava pelo salão e dos olhos cheios de pena que lhe cercavam. Não aguentava mais a posição lamentável em que se encontrava. Tudo de que mais precisava era que uma amiga maluca lhe tirasse daquela situação. Tudo de que precisava era não estar mais ali. Tudo de que precisava era... Denise.

Era certo que Denise não tinha ido para São Paulo do melhor jeito possível. Na verdade, era bem possível que tivesse ido do pior jeito. No dia em que publicou o vídeo no aeroporto, escreveu em fonte datilográfica por cima das imagens : "O último que sair apague a luz". Ela não deu a ninguém a chance de se despedir. Depois de semanas sem responder nada, falou que precisava de um tempo para se reconectar consigo, que não se via mais na pessoa que era com Bianca e Lúcio e que não queria ter machucado ninguém. Toda vez que Bianca se lembrava dessas coisas a aflição voltava a correr nas veias e por isso ela preferia não lembrar. Denise estava ali, não estava? Não era bom estar com ela de novo? Brilhante e divina e risonha e espaçosa e divertida e deslumbrante e presente e querida e ali, com ela. Denise e Bianca, como antes de tudo desabar.

Aproveitando um descuido da família de Bianca, Denise a havia pegado pelo braço e levado sorrateiramente ao carro, como se estivesse em uma missão de resgate. No fim das contas era quase isso mesmo. Alguém precisava dar conta da noiva miserável. Alguém genial o suficiente para sequestrar uma dúzia de garrafas de espumante e um *cooler* desavisado, colocar tudo dentro do carro de Lúcio (menos o próprio Lúcio) e disparar comendo poeira para longe dali.

Era exatamente disso que Bianca precisava, ou ela gostava de pensar que era. Ela gostava de pensar que a história que poderia contar depois daquilo era uma história daquelas: "Eu fui deixada no altar e, no mesmo dia, dancei pra me acabar com minha amiga doida problemática desaparecida de São Paulo, que me levou numa rave de palhaços com umas meninas rodopiando amarradas em panos e gente cuspindo fogo". Era uma boa história, não era? Um dia ela já tinha sido descolada como Denise, lembrava. Seria bom, uma vez na vida, ser a pessoa na roda com uma coisa interessante a contar. Uma desgraça com pisca-pisca adornando sua biografia.

Denise dirigia para além de perigosamente. De algum jeito, a mão direita estava sempre segurando o celular. E o carro de Lúcio era manual, então era uma habilidade extra operar a marcha enquanto se empunhava o maior iPhone da vez. A atenção passeava entre a tela do celular e a pista. Não entendia como uma cidade podia mudar tanto em tão pouco tempo. Poderia jurar que viadutos que já existiam havia uma eternidade tinham brotado do nada enquanto estivera fora. De uma forma ou de outra, a navegação deu certo, e acabaram chegando no circo, cujas luzes iam se confundindo com o pôr do sol.

Saíram do carro, cada uma empunhando uma garrafa de espumante. Dançaram, cantaram, curtiram, conversaram e mentiram. Denise achou por bem dizer para uns e outros que estavam ali para comemorar o casamento delas duas e que dali sairiam para a lua de mel em Pipa. Bianca se divertia e acompanhava a história. Gostava daquela possibilidade que estar com Denise proporcionava. Lhe encantava poder ser outra pessoa. Denise sabia.

Sorriram e dançaram mais um pouco e, depois que Denise queimou com um isqueiro os cabelos da perna de um bêbado desavisado, correram desesperadamente, como se tivesse alguém atrás delas. Não tinha. Elas sabiam. Mas não era gostoso correr como se a vida dependesse disso? Não era gostoso fugir e disparar e desembestar em frente, sempre em frente, sem nunca olhar o que vinha atrás?

E lá estavam as duas, no chão de um campo mal iluminado, conversando sobre tudo menos sobre o que queriam mesmo conversar.

— Que doido — Bianca deixou escapar, o olhar perdido no céu.

— O quê?

— As estrelas. Eu tô bêbada, eu acho. Elas ficam se mexendo e formando um rastro. Tá vendo?

Bianca apontou para cima.

— É mesmo! — Denise tapou um olho e enxergou. — É como se fosse a gente que costurasse elas lá em cima.

— Costurar estrelas no céu. Você sempre diz as coisas mais bonitas. — Bianca encostou a mão na de Denise, e cruzou seu olhar. — Você fica até quando aqui? Olhe, você não pode ir embora antes de Pipa. Você me prometeu uma lua de mel! — disparou.

— Não se preocupe, senhorita Bianca, você vai ter sua lua de mel — disse Denise, e abaixou a cabeça. — Eu ainda não comprei a volta.

Bianca engoliu aquela informação em seco, tentando buscar dentro de si o sentido nas palavras que acabara de ouvir. Denise não tinha comprado passagem de volta.

Então Lúcio não inventara nada. Era verdade mesmo aquilo? Toda a história do namorado?

— Amiga — Denise enunciou, com muito cuidado. — Tem algo que você precisa saber sobre essa minha vinda a Natal.

O coração de Bianca foi bater na goela. Pânico, terror e aflição. Não queria nem imaginar qual seria a próxima ideia errada a sair da boca de Denise.

— QUE BURACO É ESSE EM QUE VOCÊS VIERAM SE ENFIAR?

Salva pelo gongo.

02

FALSAS DESPEDIDAS

@SEUSONHOCOMIGO

Enquanto manobrava o carro, Lúcio quis se convencer de que Denise não chegaria a tempo mesmo. Nunca que ela ia sair do aeroporto direto pra lá. Ficou conversando com a própria cabeça, calculando a hora em que Denise postou que estava decolando, mais as três horas e meia de São Paulo até Natal, mais o tempo de pegar a bagagem, depois o Uber, daí até chegar no hotel - ainda mais com o trânsito daquela hora - ia ser muito complicado. Chegaria muito cansada. Não conseguiria ir. E ficou satisfeito, porque, por meio segundo, conseguiu acreditar que Denise não pisaria ali naquela noite. Ele precisava daquele meio segundo. Acionou a tranca.

Já de longe, percebeu que aquele encontro não era nada do que alguém esperaria de uma despedida de solteira: só uma mesinha na calçada do café a que iam quando compartilhavam os dias. Bianca tinha dado aquele nome ao evento para criar uma atmosfera de presença indispensável a Lúcio, mesmo que no fundo só quisesse uma desculpa para reencontrar Denise antes do casamento. Bianca sorriu, percebendo que Lúcio se aproximava, e bateu silenciosas palminhas de empolgação.

— E as outras pessoas? — perguntou Lúcio, aos poucos percebendo a armadilha.

— Eu falei que não ia ser uma despedida convencional!

— E eu achei que não ia ter canudo de piroca — replicou Lúcio, indignado, enquanto se sentava. — Você não chamou mais ninguém?

— Chamei Bento, mas ele não pôde vir.

— Bianca, quem é que chama um seminarista pra uma despedida de solteira?

— Ah, Lúcio, eu sei lá! Ele é nosso amigo.

— Ele estudou com a gente, só — falou, sério.

— Desculpe, Lúcio, eu pensei que você já tivesse superado, por isso chamei.

Lúcio sacudiu a cabeça, como se tentasse mandar embora a expressão que se formara em seu rosto. Bianca não sabia da história inteira. Não tinha como saber. Pelo menos ele não viria.

— E eu sei que, se eu não dissesse que era minha despedida de solteira, não ia conseguir te tirar de casa.

Bianca sabia que estava certa, e Lúcio odiava ter que concordar com a amiga. Desde a demissão, ele só saía de casa para o essencial, então as chances de vê-lo na rua eram quase as mesmas de achar uma mula sem cabeça. Ela tinha tentado várias formas de encontrar o amigo nas últimas semanas, sem sucesso, e aquele era o golpe de misericórdia.

Ela não sabia, pelo menos não em nível consciente, que Lúcio também tinha seus anseios por rever aquela que fora embora sem dar notícia a ninguém porque "odiava despedidas". Um pouco diferente do de Bianca, seu anseio estava mais para não conseguir olhar para o outro lado ao passar por uma batida de carro.

— Ela falou se já tava vindo? — perguntou Lúcio.

Um silêncio se demorou entre os dois até Bianca processar a intenção do amigo e começar a gargalhar. Denise avisando alguma coisa. Riram juntos. Tudo poderia ser muito simples. Se coisas não tivessem acontecido. Se aquela pessoa não tivesse sido apresentada àquela outra. Poderiam ficar horas e mais horas saboreando um cappuccino mais doce que a morte, no fim da tarde tingida de rosa da cidade do céu impossível, se magicamente tudo não tivesse sido exatamente como foi.

— Você viu o que ela postou ontem? — perguntou Lúcio, arregalando os olhos.

— Da tatuagem que ela fez com o namorado?

Bianca estreitou a visão, tentando lembrar.

— Eu tô achando que esse namoro dela acabou — disse Lúcio.

— Que história, Lúcio!

— Tô te dizendo... — Lúcio falou, com uma expressão serena, enquanto tirava a chave do carro de cima do celular. — Olha o desenho. É a Marina Abramovic com o arco e flecha.

Ele virou o celular para Bianca enquanto ampliava a foto com a outra mão, para que a amiga visse. Bianca não conseguiu acompanhar.

— E que que tem essa gata?

— Ela fazia altas performances com esse boy, e aí teve uma pira que eles entraram cada um numa ponta da muralha da China e se encontraram no meio pra se despedirem um do outro.

Lúcio apresentava as informações como um doido da conspiração. Bianca dispensou o que o amigo falou.

— Ah, Lúcio! Você viaja, pelo amor de Deus.

— E tu vai me dizer que isso não é a cara...

— A-MI-GOS!

E, então, Bianca e Lúcio foram lembrados da forma mais prática possível que Denise tinha mania de desaparecer e reaparecer como bem entendia. Sorria o maior dos sorrisos quando deixou sua bolsa cair ao chão e abriu os braços aos dois. Bianca saltou da cadeira e correu para encontrar a amiga de longa data. Lúcio levantou um pouco mais cabreiro, como se tentasse tocar na realidade daquele momento.

De botas de caubói com franja e *baby doll* de seda tentando se passar por vestido, Denise estava com os cabelos compridíssimos e brilhosos. O rosto, milimetricamente pintado para parecer que nunca tinha visto um pincel de maquiagem, destacava um par de olhos curiosos e elétricos que puxavam tudo para perto, perto até demais. Sorria em câmera lenta quando se desvencilhou de Bianca e trouxe Lúcio para seu abraço, meio sorriso, meio leitura de mente, meio carinho, meio invasão de privacidade, meio saudade, meio Lúcio querendo estar em qualquer lugar menos ali.

— Lux Luxo, meu amor! Que saudade que eu tava!

— Ah, amiga! — Lúcio riu, constrangido, enquanto tentava escapar do abraço. — Ninguém mais me chama assim.

— Então eu sou ninguém, agora? — disse Denise, enquanto travava seus olhos nos de Lúcio, uma habilidade que só ela possuía.

— Nunca! — replicou ele. — Nem que você quisesse.

Talvez Denise até entendesse um pouco do que havia por trás das palavras de Lúcio, e só achasse melhor não embarcar naquela noia. Voltou-se para Bianca.

— E Bento, não veio?

— Parece que ele tinha aula no seminário — respondeu Bianca.

— Tu devia transformar ele num personagem dos teus quadrinhos, Lúcio: Bento no convento — disparou Denise, o sorriso de cara larga, como se já estivesse pensando naquela havia muito tempo, enquanto Lúcio lutava para não contorcer o rosto. A piada só tinha graça para ela, e ela sabia, mas isso não a impedia de se divertir com o próprio deboche. — As coisas de Bento, mulher, querer virar padre? Aff! Saudade daquele doido.

— Mas no sábado ele vai! — completou Bianca.

— Vai? — Denise e Lúcio responderam ao mesmo tempo, em entonações opostas.

— Ele disse que não perderia o evento por nada.

Um rapaz que carregava uma mochilona se aproximou do trio sorrindo. Usava roupas mulambentas, tinha os cabelos atormentados e seus olhos pareciam estar sempre com o foco atrás da pessoa com quem falava.

— E aí, galera, beleza? — disse ele, no seu ritmo.

— Gente, eu saí do carro correndo e nem me liguei! Que absurdo! — disse Denise, em exagerado choque. Pegou na mão do rapaz e o trouxe para perto de si. — Bianca, Lux, esse é o Jimmy, de quem eu tanto falo!

Claro, Denise!, Lúcio pensou. *Vamos fingir que você já falou pra gente alguma coisa desse rapaz, e não admitir que a gente só sabe que ele existe por causa das fotos que você publica na internet.*

— Ah, que bacana finalmente encontrar vocês! A Dê sempre fala muito.

— O FAMOSO Jimmy! — destacou Lúcio enquanto cumprimentava o recém-chegado paulista.

— Famoso-famoso, ainda não, mas acho que muitos caminhos vão se destravar nessa viagem, né, meu amor? — disse Denise enquanto brincava com o projeto de franja de Jimmy.

Ali tinha coisa. Jimmy perguntou onde era o banheiro e seguiu na direção apontada, enquanto os três amigos de anos sentaram-se à mesa.

— E aí, amiga! — Bianca segurou as mãos de Denise, empolgadíssima. — Meu Deus, como o tempo voa!

— Parece que foi ontem, a gente aqui depois da aula. — O olhar de Denise se perdeu. — E agora tu vai casar!

— E você, que agora é famosa? — A forma efusiva com a qual Bianca falava era quase uma revolta. — Menina, foi só sair daqui...

— A gente fica só acompanhando.

Lúcio sorriu.

— Pois é! — Denise ficou feliz de encontrar carinho no rosto do amigo azedo. — Eu vejo sempre vocês lá, dando força. Obrigada, viu, gente? É uma jornada muito solitária. O projeto ganhou muita força de uns tempos pra cá.

— O projeto que você diz é sua mídia social? — perguntou Bianca, interessada.

— É como se fosse — respondeu Denise, olhando nos olhos da amiga.

— E o que é mesmo esse #SeuSonhoComigo de que você tanto fala? — perguntou Lúcio.

Denise escolheu ignorar a pergunta de Lúcio e passar para a próxima.

— E aí, o que vocês acharam de Jimmy?

— Ai! Ele é ÓTIMO! — Bianca já emendou, em reação sonsa automática.

Lúcio não entendia como ela ainda conseguia fazer aquilo. Moldar a realidade a seu favor. Levar a conversa apenas para os lugares a que ela queria ir. Decidir o que existia e o que não existia. O dom da amiga lhe revoltava, mas ainda era hipnotizante vê-la em ação.

— Ele é bem o seu número — complementou Lúcio. — Então quer dizer que você trouxe *plus one* pro casório?

— Amiga, se você tivesse me avisado que ele vinha eu tinha colocado mais uma senha — acrescentou Bianca, preocupada.

— Não, amiga, ele não vai pro seu casamento, não. — Denise gesticulou, como se dispersasse o problema com as mãos. — Eu ia vir sozinha mesmo, mas aí a gente tava conversando muito esses dias sobre o nosso propósito, e ele tava se sentindo muito sem ter pra onde ir. Aí eu sugeri: Por que você não vem comigo pra Natal e depois segue de carona até os Lençóis Maranhenses? Não é teu sonho? Acho que era só o empurrãozinho de que ele precisava, porque o universo já tava mandando essa mensagem pra ele fazia tempo.

Lúcio franziu o cenho.

— O universo fez o quê?

— Ah, Lúcio, você entendeu — disse Denise, e revirou os olhos.

Jimmy voltou, aliviado, e esparramou-se na cadeira ao lado de Denise.

— Eu tava falando pra eles do teu projeto!

Denise sorria, eufórica.

— Vai chamar @JimmyPeloNordeste — disse ele, envergonhado. — O nome quem deu foi a Dê.

Claro que foi, Lúcio pensou.

— O Jimmy vai subir pelo litoral até chegar nos Lençóis e vai compor uma jornada musical eletrônica transcendental inspirada nas vivências litorâneas nordestinas. Ele é produtor musical, só não gosta de falar muito dessas coisas de trabalho, porque é chato mesmo, né?

Era quase como se Denise não precisasse da presença de ninguém para ter conversas inteiras.

— Vai ser daora. — Ele riu, com os olhos baixos. — Amanhã eu já sigo pra Gostoso.

— Ah, mas, se você puder adiar um pouquinho esse mochilão, eu consigo uma senha pro casamento! — Bianca tentou conciliar.

Antes que Jimmy concatenasse as palavras, Denise mesmo respondeu:

— Não, Bianca, ele não vai ficar, não. — Um silêncio se instalou. — Ele conseguiu alguém massa num app de carona pra levar ele amanhã cedo, não foi, meu amor?

Jimmy concordou com a cabeça. Lúcio alternou olhares entre Bianca e a tatuagem de Denise, como se tentasse fazer a amiga ligar os pontos quanto ao término do casal. Denise catou no ar o que estava acontecendo.

— Ah, vocês gostaram da minha tatuagem nova?

Ela esticou o antebraço acima da mesa, deixando à mostra o desenho em linha preta que agora fazia parte da sua pele. Um casal segurava entre si um arco e flecha, que também os sustentava de pé.

— Marina Abramovic — disse Lúcio, com um meio sorriso.

— Você que me apresentou ela, Lux! — Denise iluminou-se.

— Foi, eu lembro — respondeu Lúcio e olhou para Bianca.

— E no post tu tinha dito que Jimmy tinha feito também. Cadê a dele? — Bianca procurou, encucada, a tatuagem nos antebraços de Jimmy. — Não foi no mesmo lugar?

Denise riu e brincou em algo que parecia uma língua própria do casal, fez com que o paulista se levantasse, ficasse de costas e abaixasse as calças discretamente para mostrar, tatuado na bunda, o desenho escolhido por Denise.

03

O ANJO DECAPITADO

SEUSONHOCOMIGO

Por meio segundo, a lanterna do celular de Lúcio era tudo o que viam.

— Amiga, pelo amor de Deus, como é que você tá? — Lúcio se aproximou de Bianca. — Tão te procurando em todo canto!

A noiva em fuga se encolheu para dentro do vestido como um caracol. Denise fez pouco caso.

— Ai, Lúcio, não exagera!

— Que não exagera o quê, Denise? Quer dizer que na hora de tirar foto, editar, criar legenda e postar você tem celular, mas quando é pra responder no WhatsApp ele tá fora de alcance, é isso?

— Ah! É porque eu desativei as notificações do WhatsApp do celular, que me dava muita ansiedade. Hoje só uso mais o web. — Denise abriu o aplicativo. — Gente, quarenta e cinco mensagens! Só tu mesmo, Lux.

— Amigo, desculpa! Eu não tinha ideia! — Aos poucos Bianca era tomada por tudo que lhe acontecera mais cedo. — Quando Denise me chamou, eu nem pensei, só vim. Eu só queria por um segundo não ser a pessoa mais miserável do mundo.

Lúcio suspirou. Denise abraçou Bianca e a quase-futura-noiva se deixou acolher. Ela tinha esse efeito, não tinha? Sabia fazer as pessoas se sentirem especiais. Estar ao lado de Denise era acreditar por um momento muito brilhante que era possível ser algo mais. Uma hora você era você e a vida era uma merda e tinha contas pra pagar, bufês pra cancelar, presentes a devolver, aí Denise chegava e você era uma outra versão sua, uma versão mais legal. Uma personagem mais parecida com quem você gostaria de ser.

— Denise, quando eu te dei a chave do carro era só pra guardar na bolsa, não era pra pegar emprestado, não. E, se você precisasse, era só ter falado comigo.

— Mas era uma emergência, e eu não te encontrei! — rebateu Denise. — Onde é que você tava na hora? Rezando?

Ela abriu um sorrisinho com o canto da boca.

O sangue de Lúcio quis ferver, mas ele só revirou os olhos. Denise era especialista em reverter situações a seu favor e fazer coisas que não eram passarem a ser. Era bastante sutil, porque não era tanto transformar as coisas, era mais colocá-las em um ângulo que tornasse seu ponto de vista inquestionável. Não dava pra vencê-la nesse terreno, apenas aceitar e passar para a próxima. Afinal, seu argumento tinha um lado válido. Era ela que estava ali com Bianca, dando apoio, mesmo que do seu jeito muito particular e preocupante. Onde é que Lúcio estava, quando elas precisaram?

— Antes de você chegar, eu tava começando a contar pra Bianca o outro motivo da minha vinda. Mas agora que você chegou, eu acho até melhor, porque não tenho que contar mais de uma vez.

Lúcio tensionou a coluna. Bianca levantou o rosto para ouvir com mais atenção. Denise, séria, deslizou os dedos ligeiros na tela do celular até encontrar o que procurava.

— Rua da Lagosta, vocês sabem onde é? — perguntou Denise.

— Pertinho da Vila de Ponta Negra, por quê? — respondeu Bianca.

— Porque eu só posso contar quando tiver lá.

— Como é a história, Denise? — se indignou Lúcio.

Denise fisgou os olhos do amigo com os seus.

— Eu tenho certeza de que você não vai se arrepender.

No banco de trás só cabia mesmo Bianca e o vestido gigantesco. Depois de muita insistência, Denise aceitou que Lúcio dirigisse o próprio carro. Ele manobrou o veículo e o tirou do matagal onde a amiga o havia enfiado, por detrás do circo. Pensou no absurdo que era sair em Natal de noite com Denise como guia. Que ideias ela teria na cabeça? Sentiu um frio na barriga. Concentrou-se na estrada. Gostava de dirigir. O volante era seu lugar de paz. A sensação de controlar alguma coisa mesmo quando todo o resto estava desabando. Controle. Denise estava de volta e estar ao lado dela era assustador, inesperado e, talvez por causa disso mesmo, muito bom. Lúcio não queria lidar com isso.

Bianca não estava interessada em silêncios.

— Amiga, bote uma musiquinha — pediu, tão comprimida pelo vestido quanto uma sardinha enlatada.

Ela estava muito grata. Não teria escolhido ninguém para estar ao seu lado naquele momento que não fossem Denise e Lúcio. De dentro do vestido, ela via Denise no banco da frente e sentia um quentinho no coração. Era quase como se a presença de Denise fosse maior que a ausência do noivo. Quase como se o casamento nunca fosse mesmo acontecer, porque sua amiga tinha viajado a Natal para lhe salvar. Considerou que talvez fosse melhor mesmo não falar de tudo que tinha acontecido antes de ela ir embora. *O passado já passou,* Bianca pensou. *Não tem pra que olhar pra trás.*

Denise ligou o tocador de CD, embasbacada.

— Jura que não pega Bluetooth?

Play. Como uma onda, a batida oitentista foi tomando conta de todos os ocupantes do carro. Lúcio olhou para o lado e viu que o rosto de Denise se iluminara. Ela olhou o amigo de volta.

— Nada de ruim pode acontecer enquanto uma música de Marina Lima estiver tocando — disse ela, como costumava dizer.

E Lúcio gostava de acreditar nisso, mesmo que soubesse que era mentira. Às vezes tudo que a gente precisa é abraçar uma mentira bonita que nos dê segurança. Naquele momento Lúcio se sentiu bem, e já fazia um tempo que ele não se sentia assim. Denise era demais. Bianca alcançou o ombro de Denise e sorriu.

— Sua música! — falou Bianca, emocionada.

Denise estava tomada de sentimentos, os olhos perdidos, o sorriso de ponta a ponta. Como ficava quando viajava para aquele mundo só dela, que era tão bonito de se ver, mesmo que só de relance. Ela se lembrou de quando emprestou aquele mesmo CD a Lúcio, anos antes. Ainda bem que estava com Lúcio. Ainda bem. Um pouquinho do que era ela naquele tempo. Ainda bem que não tinha ido embora, como todo o resto. Estar num carro com Bianca e Lúcio, ouvindo Marina Lima, depois de tudo que acontecera. Depois de todo aquele tempo. Em Natal. Como se fosse possível as coisas serem de novo como um dia já tinham sido. Como se.

Denise virou a cabeça e viu que um outro carro se deslocava silenciosamente ao lado deles, parecia deslizar acompanhando a velocidade. A figura que dirigia o veículo tinha o olhar fixo em Denise e a analisava, curiosa e profundamente, enquanto se aproximava, segundo a segundo, do carro de Lúcio. Chegou tão perto que Denise gritou e o amigo pisou no freio bruscamente, perdendo o outro carro de vista, e se tornando alvo de uma sinfonia de buzinas.

— O que foi isso, Denise? — perguntou Lúcio. — Quer matar a gente?

Denise colocou a cabeça para fora da janela e olhou para trás, tentando resgatar algo do que tinha visto.

— Nada! Não foi nada, não — desconversou. — Foi só um negócio que eu lembrei.

Lúcio franziu o cenho. Ali tinha coisa.

— Gente, pelo amor de Deus, tá perto?

O susto tinha feito Bianca e o vestido se entrançarem e virarem uma coisa só, sem começo nem fim.

— Tamos chegando já, Bianca.

Lúcio apontou para fora do carro.

Já era quase meia-noite quando Denise e Lúcio desencaixaram Bianca de dentro do carro. O endereço que Denise passou levava para uma praça abandonada. Bancos que não sobreviveram à prova do tempo e um parquinho de alvenaria em processo de dissolução. Denise apontava o celular para tudo o que via à sua volta, enquanto ganhava terreno naquele espaço iluminado apenas por postes errantes.

— Vocês se lembram de uma galeria de arte que tinha ali, quase em frente a um restaurante japonês? — perguntou Denise.

— Galeria de arte, aqui? — estranhou Bianca.

— A que tinha um anjo assustador na frente — concluiu Lúcio.

Denise entortou a cabeça, como se não concordasse com a descrição do amigo, mas ainda assim sinalizou positivamente.

— Isso! Faz umas semanas eu vi uma foto no Instagram de Wanda Banana marcando exatamente essa praça, eu só queria saber... Ali!

Denise estava tão empolgada que caminhou quase correndo até o fruto da curiosidade. Quando Bianca e Lúcio se aproximaram, ela já tinha tirado pelo menos sete fotos da gigantesca cabeça de concreto tombada no chão. O rosto da estátua aparecia de um lado; os cabelos encaracolados, do outro; e uma camada de tinta azulada lhe cobria toda a superfície.

— Meu Deus, era ele que fazia sombra na parada de ônibus! — Bianca lembrou. — Como assim, derrubaram? Era utilidade pública!

— Era pra ser uma galeria que ia expor os artistas aqui do estado, mas acabou que não foi pra frente, aí eles tiveram que vender a casa e o novo proprietário não curtiu muito a herança. — Denise passava as mãos pela cabeça de pouco mais de um metro e meio da estátua. — Ele deu um jeito com a prefeitura que demolisse e tirasse de lá. Foi pedaço de anjo pra tudo quanto era lado.

— Eu vi uma asa dessa lá na margem do Potengi! — Lúcio ligou os pontos. — E o que é que esse anjo tem a ver com a história que você ia contar pra gente?

— Calma, Lux. A gente chega já. Eu vi a foto no Insta de Wanda e fiquei encantada com o misto de beleza e abandono da imagem. Me senti de um jeito que eu não sei nem explicar. Vocês sabem como eu sou com essas coisas, né? Tudo que eu sabia quando vi a foto daquela cabeça é que eu precisava voltar pra cá.

— Como assim, voltar pra cá? — Lúcio ficou confuso. — Voltar, voltar?

— Você já não ia vir pro casamento de todo jeito? — questionou Bianca.

— Então, eu tava te dizendo mais cedo, quando Lux chegou — pontuou Denise —, que eu não comprei a passagem pra São Paulo.

— Você não comprou a passagem?

Lúcio gelou. Só conseguia repetir as últimas palavras do que Denise falava, porque não queria pensar exatamente no que ele estava pensando.

— Pois é, amiga, o valor das passagens saindo daqui tá pelas cabeças. Mas tem um amigo meu que vende umas milhas, eu vou te colocar em contato.

Bianca já buscava resolver a vida da amiga sem entender o rumo que a conversa estava tomando.

— Não, amiga. Eu não comprei a passagem porque não sei se algum dia eu vou voltar pra lá. Entreguei meu apartamento essa semana. Acho que eu tô de volta de vez.

04

SONHO DE NOIVA

SEUSONHOCOMIGO

Bianca arregalou os olhos.

Lúcio procurou um lugar para se apoiar.

Denise limpou a lente da câmera na camisa do amigo.

— Tu acha que dá pra tirar uma foto minha em cima dele? — disse, despretensiosa, como se não tivesse acabado de jogar uma bomba.

Lúcio pegou o celular, a cabeça rodando. Pensou que a melhor coisa era se concentrar naquela microtarefa.

— E Jimmy? — perguntou Bianca, em choque, aos poucos fazendo sentido do que estava acontecendo.

— O que é que tem Jimmy? — Denise agarrou os cabelos angelicais da gigantesca cabeça de concreto e subiu num impulso. — Quem tá se mudando pra cá sou eu. Ele vai viver o sonho dele, nas praias dele, com a vida dele.

— Tá vendo? O que foi que eu disse antes de eles chegarem? — Lúcio falou a Bianca enquanto se posicionava para tirar a foto. — A tatuagem.

— Lux, meu amor! — Denise fez uma expressão de carinho para o amigo. — Claro que você ia notar!

— Denise, eu sei como a sua cabeça funciona. Agora levante o queixo um pouquinho. Vinte graus só. Isso!

Sem entender muito bem o ensaio fotográfico que estava se desenrolando entre seus amigos, Bianca começou a andar em círculos, encucada, enquanto ainda arrastava o exaustivo vestido.

— Aí quer dizer que você viu um anjo despedaçado no Instagram e decidiu terminar o namoro e voltar pra casa?

— Você falando desse jeito fica parecendo que eu sou uma doida.

Uma gargalhada se acumulou na garganta de Denise.

— Fique quieta. — Lúcio estava quase no chão, buscando o ângulo perfeito. — Pronto, essa ficou ótima! E você não podia ter avisado?

Bianca revirou os olhos.

— Ô, Lúcio, pelo amor de Deus...

Lúcio pediu o braço de Bianca para se levantar. A amiga quase caiu para trás, mas conseguiu puxá-lo. Denise desceu, espevitada, e pegou o celular que o amigo lhe estendia.

— Aí vocês iam saber — disse ela, enquanto observava analiticamente cada detalhe da imagem registrada pelo clínico olho do seu amigo. Denise levantou devagar o rosto e buscou Lúcio e Bianca com o olhar. — E qual ia ser a graça? Como esse momento ia acontecer? Como nós íamos ter uma sessão de fotos nas altas horas da noite comigo olhando a cara de assombração de vocês enquanto eu revelo que tô voltando?

— Não, amiga, não é isso, não — se antecipou Bianca.

— Amiiiga... — Denise pousou o braço no de Bianca, com uma expressão serena. — Fique de boa.

— Eu tô de boa — disse Bianca, não muito de boa. — Você tá de boa?

— Eu acho que ela tá de boa — disse Lúcio, ainda desnorteado.

Lúcio odiava falar "de boa", mas sabia que se havia uma expressão no Brasil que definia Denise era "de boa". O que quer que isso significasse. Ela poderia estar no olho do furacão e ainda carregar um ar sereno, talvez por ser ela mesma a responsável pelo surgimento do furacão.

— Amigo, olhe essa! — Denise puxou Lúcio para perto de si, e mostrou ao amigo um dos registros feitos por ele. — Meu Deus, você é perfeito! Vocês dois são perfeitos! Como eu tava com saudade da gente!

Eles sorriram. Num passe de mágica, todo o desconforto causado por Denise desapareceu no ar. Afinal, era mesmo muito bom que estivessem juntos de novo. Mesmo com toda a questão do casamento, Bianca se forçava a lembrar. Aquele era, sim, um dia muito triste, ela precisava dizer a si própria, porque acreditava piamente na ideia de que era uma pessoa normal. E uma pessoa normal não deveria estar se sentindo tão profundamente feliz no mesmo dia em que foi deixada no altar, definitivamente. Mas parecia tão distante já, aquele casamento. Buscava na cabeça o rosto do noivo, o nome... Tudo parecia uma lembrança vaga. Quase como se não fosse nem ela quem ia se casar. Quase como se sua vida inteira até aquele ponto tivesse sido vivida por outra pessoa, que não ela. Sentiu um calafrio. O alarme do celular de Denise soou, e ela levantou o aparelho, animada, mostrando a tela aos amigos: 00:00.

— Eu queria dar os parabéns a Bianca que acaba de sobreviver com louvor ao dia do seu quase-amento! — Denise vibrava.

Dançando, abraçou Bianca, que se divertia com o termo que a amiga tinha cunhado às suas custas:

— Quase-amento?

Denise apertou um botão no celular e fez soar música para acompanhar sua dança com Bianca. Lúcio se encantava com a capacidade que a amiga tinha de tirar momentos mágicos de onde não existia nada. Denise o convidou e ele até quis resistir, mas entrou na dança. Era mesmo muito bonito, aquilo. Dançar Rita Lee à meia-noite numa praça abandonada em meio às ruínas da estátua de um decrépito anjo azul. O tipo de coisa que só acontece quando Denise lhe pega pelo braço e você se deixa levar. Lúcio se sentia feliz como havia muito tempo não se sentia.

Naquela hora não importava o que havia acontecido entre eles, ou os cinco anos que os separaram. Naquela hora o resto do mundo nem existia, porque a única coisa que fazia sentido era comemorar que Bianca não estava mais acabada e que o tempo tinha parado para eles dançarem e serem felizes para sempre. Nem que fosse só por uma noite.

Bianca mal lembrava como tinha chegado em casa. Depois de dançar e cantar ao lado da cabeça do anjo azul, tudo foi uma sucessão de clarões entre os risos e a carona e encaixar o tal vestido de novo no banco de trás e o êxtase que insistia em flutuar pela pele e o silêncio suave que tomou conta do carro e a chegada descalça em casa. Respirou fundo. Paz. Quanta coisa cabia dentro de um dia? Então Denise tinha voltado mesmo. Isso significava alguma coisa? Pânico, terror e aflição. "Calma, Bianca, você só está muito cansada". Ela se dava ótimos conselhos, mas quase nunca os seguia. "Deve ser estresse pós-traumático", ponderou, bocejando. Sem nem se dar conta, a ex-quase-noiva tombou, desacordada, no sofá.

E sonhou.

Eu pergunto "Por que você voltou?", porque não existem perguntas impossíveis dentro dos sonhos, e você me responde "Você não ficou feliz?", porque você não sabe mesmo responder a uma pergunta sem ser com outra pergunta, aí eu falo que fiquei feliz, sim, eu só não entendi.

Você gargalha, porque é afeita a gargalhadas e solta que o tempo que eu passo tentando entender podia estar aproveitando. Eu estou aproveitando, digo. Eu só quero saber o que é que você está fazendo aqui de novo, se isso significa alguma coisa, se eu devia me preparar. Você diz que eu devia me preparar, sim, afinal hoje é o dia do meu casamento, e aí me entrega um buquê de rosas vermelhas na mão.

— E se eu não quiser mais casar?

O cheiro das rosas se mexe dentro de mim e eu não te vejo mais.

— Então por que você ainda tá com esse vestido? — pergunta Lúcio.

Estamos num cômodo de teto baixo e coberto de espelhos. Eu gaguejo, percebendo só agora que ainda estou usando o vestido de noiva. Ou melhor, que eu o vesti há pouco tempo, uma vez que está intacto. Então o quase-amento ainda não aconteceu. Então eu ainda não fui deixada no altar.

— Uma coisa horrível vai acontecer — eu digo.

— Eu também acho nada a ver você casar — ele continua, enquanto experimenta um vestido igual ao meu. — Isso que você tem é síndrome de princesa da Disney, de achar que precisa de um homem pra resolver sua vida.

— Oxe, e você vai casar? — questiono.

— Vou, sim, mas porque agora tá bem mais em voga o casamento gay. Tá dando muita mídia — ele pontua, enquanto calça as luvas de renda. — Pra hétero tá se recomendando mais a união estável associada à não monogamia. Você vem ou não?

Lúcio me estende a mão e, quando eu a tomo, já estamos em cima das escadas para descer no toboágua. Ele me dá suporte e eu me deito na superfície plástica, sentindo a água encharcar meu vestido. Cruzo os braços sobre meus ombros e deixo a correnteza me levar.

Nada a ver o que ele disse, eu quero me casar. O eco do toboágua ajuda a difundir os pensamentos enquanto eu desço ao sabor da corrente. Eu sempre quis me casar. Aí quer dizer que eu sou princesa da Disney só por causa disso? Pois eu quero me casar, sim. Eu vou me casar. O toboágua me despeja em uma piscina de água sem fim. Ouço os sinos e nado em busca deles. Quando subo as escadas da piscina, o ribombar metálico já é quase insuportável.

Estão todos lá, mas a igreja é como se não tivesse paredes. Por estar muito certa de que eu quero me casar, arrasto o peso do vestido completamente encharcado. Enquanto caminho para o altar, peixes coloridos vão saindo de baixo de mim e acompanhando o rastro molhado que é quase um rio. Sigo em frente. Vejo ele de longe. Que alívio. Ele está aqui também. Que bom. Ouço os peixinhos pulando atrás de mim. Respiro. Dessa vez vai ser diferente. Eu vou me casar. Esse é meu sonho.

O buquê de rosas vermelhas reaparece em minhas mãos. Estamos os dois de frente para o altar e eu me viro para enfim enxergar o meu noivo, mas percebo que ele está de costas para mim. Eu toco em seu ombro, mas ele não responde. Os sinos badalam alto e tudo em volta parece agora chiar junto com eles. Eu o puxo para que me veja. Quando consigo virá-lo, ele está de costas pra mim de novo. Eu entro em desespero e tento virá-lo de novo e de novo e de novo e de novo, só para dar de cara com suas costas, repetidas vezes. O som dos sinos finalmente dissolve tudo e estou de novo sozinha comigo, chorando em posição fetal.

— Também, você queria se casar com alguém que não existe — considerou Lúcio.

— Amigo, por que eu não te vi na igreja? — lembro.

— Como foi que Denise disse? Que eu tava rezando?

— Você viu pra onde ela foi?

Aquela parada de ônibus à noite tinha um cheiro quente característico que misturava o mormaço do asfalto, o cansaço dos transeuntes, a fuligem geral e batatinha frita de procedência duvidosa. Me enfio por entre dúzias de pessoas. Vejo meu ônibus. Disputo espaço para subir os degraus, mas percebo que não trouxe o cartão de passagem. Meu desespero logo vira confusão quando noto que o ônibus não tem catraca. E onde é que estão os outros passageiros? Não tinha um monte de gente subindo? Procuro olhar para trás e ver se reconheço o motorista, mas sou jogada para o fundo em uma arrancada.

Com algum esforço consigo me equilibrar. Percebo que não estou sozinha e dou um meio sorriso ao ver que é você no banco alto em que costumávamos nos sentar. Ocupo o lugar ao lado do seu. Você me entrega um fone, para eu ouvir o que você está ouvindo, ou para ficar mais perto de você, não sei ao certo.

— Lembra do dia que teve aquela chuva absurda e a gente tava aqui nesse mesmo lugar e aí todo mundo começou a fechar as janelas e ficou aquele abafado e eu comecei a passar mal?

— Você lembra?

— Lembro. Você, quando viu como eu tava, saiu passando por cima de todo mundo e abriu aquela janela de emergência que fica no teto do ônibus, enquanto o povo reclamava e você dizia que não tinha problema porque aquilo era chuva de vento e tava vindo de lado, e não de cima, que você estudava física, mesmo sem estudar, e sabia dessas coisas. Depois o pessoal ficou tudo levando chuva e você com a cara mais limpa.

— Parece algo que eu faria.

— Eu achava que queria me casar — digo resignada.

— Eu acho que você quer se casar — você responde, e olha pela janela.

Lá fora, luminosas estrelas de todas as cores costuram o céu escuro, e isso é tudo que vejo.

— Por que você voltou? — pergunto de novo.

— É isso mesmo que você quer saber? — você devolve e me pega no pulo.

— Não. — Respiro. — Eu quero saber por que você foi embora.

— E por que não pergunta isso?

— Porque tenho medo do que você vai responder.

05

CIÊNCIAS ABSURDAS

@SEUSONHOCOMIGO

— Quase cinco e meia, já.

Lúcio olhou para o relógio.

— E você disse que ia embora a que horas se ela não tivesse aqui? — questionou Bianca.

— Quatro e meia.

A amiga riu enquanto experimentava mais um par de óculos escuros.

— Tá certo.

Depois de terem dado voltas e mais voltas no quarteirão do hotel em que Denise estava hospedada, decidiram que talvez fosse melhor esperar a amiga no posto de gasolina do outro lado da rua, que pelo menos tinha uma conveniência. Lúcio pediu mais um picolé de morango, para aplacar a irritação e o abafado do fim da tarde.

— Amiga, mas e você, como tá, mesmo? — perguntou Lúcio, sério.

— Sei lá, eu tô bem? Às vezes fico pensando que eu não deveria estar bem, que deveria estar na merda, mas na mesma hora eu me lembro de você e de Denise e minha cabeça se acalma. Parece que tá demorando a cair a ficha.

— Você acha mesmo que vai ser uma boa fazer essa viagem?

— Amigo, tá tudo pago, sabe? — Bianca parecia ter se decidido por uma armação e se admirava em todos os ângulos que o espelho estreito lhe permitia. — Eu sei que planejei isso tudo pra viver com ele, mas não acho justo deixar de curtir algo que sonhei, porque ele inventou de me deixar.

Lúcio sabia que o que a amiga falava era verdade. Mas sabia também que uma verdade sempre tem mais lados que os que a gente escolhe mostrar, e pensou que não era direito dele jogar luz nos lugares que Bianca preferia, no momento, resguardar.

— Olha ela ali!

Saindo da conveniência, Bianca acenou para a figura que atravessava a rua carregando uma mala, enquanto Lúcio já se organizava para abrir o bagageiro do carro.

Denise se aproximou dos amigos, segurando o riso.

— Esse Lúcio, só ele, viu? Que pressa é essa, menino?

Denise cruzou os braços, debochada.

— Denise, não foi você que disse que tinha hora pra chegar lá por causa de trabalho? — devolveu Lúcio.

— Tenho, sim, mas não se preocupe, não, que vai dar certo. — Denise puxou os amigos para um abraço. — E tu, Bia? Dormisse bem?

— Amiga, dormi... — Bianca estreitou os olhos, como se buscasse algo dentro da própria cabeça. — Sonhei foi muito, acho que vocês tavam no sonho, mas não me lembro de mais nada.

— É desse jeito mesmo — respondeu Denise, e o sorriso se arrastava de orelha a orelha. — Lux, tu pode me ajudar?

Ele pegou a bagagem das mãos de Denise e, antes de começar a raciocinar para fazer a mala caber ali, foi interrompido por uma voz conhecida e nasalada.

— Menino, isso é Lúcio?

Um calafrio sem nome percorreu seu corpo de cima a baixo. Ele engoliu em seco e se virou, já com um sorriso pronto. O rosto iluminado e sorridente que saía de dentro de um carro SUV poderia igualmente pertencer à Barbie Malibu.

— Babi do céu! Que saudade! Como é que você tá? — disparou, efusivo.

Quando Bianca e Denise ouviram o tom alto astral de Lúcio, o qual fugia bastante do seu personagem, pararam o que estavam fazendo para prestar atenção.

— Ai, tô ótima! Melhor agora, vendo que você tá bem também, né?

A voz de Babi parecia querer extrair algo de Lúcio.

— Eu tô! Tô ótimo — mentiu. — Tomando esse tempo pra descansar, sabe? Botar as ideias no lugar.

— Arrasou! Gosto de te ver assim. — Um silêncio se demorou entre os dois. — Porque o jeito que você saiu lá do trabalho foi barra ponto com! Eu fiquei passada.

— É, mas o importante é que agora eu tô bem, né?

Lúcio tentava a todo custo fechar qualquer caminho que a conversa pudesse seguir.

— Que bem, o quê? Tá maravilhoso! — interveio Denise, ao lado do amigo. — A gente tá indo pra Pipa agora comemorar que ele vai lançar um livro!

— Um livro? — O queixo de Babi caiu. — Babados e bafões! Mas é sobre...?

Ela gesticulava, esperando que Lúcio lhe desse alguma migalha de informação.

A cabeça de Lúcio ainda estava rodando. Que escolha ele tinha naquele momento? Falar a verdade e passar por fracassado? Ou viver o sonho que Denise havia inventado pra ele?

— É sobre várias coisas — respondeu, enquanto encontrava o olhar de Denise.

— É, mas também é sobre... — continuou Denise, jogando a bola de volta para que a recém-chegada completasse sua frase.

— A demissão-surpresa? — Babi mordeu a isca mais rápido do que Denise imaginava. — Passada! Eu vou ser personagem?

— Demissão-surpresa?

Bianca nem percebeu que falara em voz alta. O sorrisão de Denise se transformou num longo traço cortando o rosto. Lúcio ficou vermelho.

— Ô, Babi, vamo marcar um dia pra conversar! — disse Lúcio, a irritação já pesando na voz, enquanto magicamente encontrava um lugar para encaixar a bagagem enorme da amiga antes de bater o porta-malas. — Hoje a gente tá correndo que Denise tá com pressa!

— Denise? — A voz nasalada estava chocada. — Mentira que isso é Denise do #SeuSonhoComigo! Você mudou a minha vida! A gente pode fazer uma selfie?

— Claro! — respondeu Denise, solar.

Assim que percebeu que sua presença não era mais computada naquela interação, Lúcio escapou para dentro do carro, respirou fundo, ligou o ar-condicionado na potência máxima e começou a se abanar. Bianca entrou logo depois, de cenho franzido, em estado de desorientação.

— Lúcio, eu não fazia ideia!

Ela tocou o ombro do amigo, e Lúcio rapidamente se desvencilhou.

— Amiga, tá tudo bem, eu tô muito melhor depois que saí de lá, eu juro.

Estava mais quente que o normal para a época do ano e todos os seus esforços se concentravam em evitar que o corpo ficasse peguento, e não era o toque de compaixão de dona Bianca que ia ajudar sua cruzada pessoal. Ele se inclinou para o painel do carro como se tentasse abraçar o ar-condicionado.

— Como eles fizeram isso com você? — Bianca havia entendido o recado e se digladiava internamente contra o instinto de abraçar Lúcio. — Te demitir do nada!

Denise entrou no banco de trás sorrindo e, assim que viu a expressão de Bianca e o estado de Lúcio, precisou recalibrar. O amigo, que queria se tornar um só com o sistema de refrigeração do carro, procurava sentido nas palavras de Bianca.

— Não, amiga! — Lúcio se ergueu do abraço refrigerante, enfim compreendendo. — Quem pediu pra sair fui eu!

— Como assim, amigo? — A surpresa de Bianca parecia ter dobrado e se misturado com choque. — Com o salário que você tinha?

— Ai, Lúcio! Que chique! — disse Denise, animada. — Tá muito em alta essa coisa da demissão-surpresa!

— Chique, Denise? — Num passe de mágica, Lúcio estava vermelho novamente. — Pelo amor de Deus, mulher, você é maluca? Você tem algum problema?

Enquanto ligava o carro e se preparava para sair, Lúcio teria fuzilado Denise com o olhar, caso ela já não tivesse sido sequestrada pelo celular.

— Lux, eu não tô te acompanhando... — respondeu Denise calmamente, enquanto descia por telas a perder de vista.

— Amiga, deixe de ser sonsa! Como é que você inventa pra patriçoca do meu trabalho...

— Seu *ex*-trabalho — interrompeu Denise.

— Meu *ex*-trabalho — repetiu Lúcio, de olhar grudado na pista, mais para evitar a cara de Denise do que para evitar um acidente. Talvez até porque, se olhasse na cara de Denise, um acidente fosse ainda mais provável. — Como você inventa que eu vou lançar um livro? QUE LIVRO? Só se for o *Manual para Matar Denise*! — explodiu.

— Ótimo! O título você já tem — comentou Denise, no meio de um sorriso, e por um momento certeiro encontrou o olhar de Lúcio, no retrovisor. — E outra coisa: se ficou tão incomodado assim, por que não me desmentiu?

Lúcio se calou e pegou a saída para a BR-101. Denise ignorou o sinal luminoso do ar-condicionado e baixou o vidro da janela, seus cabelos esvoaçando para dentro do carro. Bianca ainda estava em outra conversa.

— Amigo, pois pelo que você colocava na internet, eu tinha a impressão de que você gostava tanto de lá...

— É porque a gente escolhe o que posta, né? — Lúcio suspirou.

Denise, de olhos já novamente fisgados pelo celular, concordou com um gesto com a afirmação do amigo.

— Depois que você saiu, parece que se escondeu... Não respondia. — Bianca aproveitou o recém-comprado par de óculos escuros para esconder uma recém-encontrada tristeza. — Eu estranhei, mas não podia fazer nada.

— Amiga. — Lúcio respirou fundo. — Meu cérebro virou pastel. Eu tava em processo de *burnout*. Acordava de madrugada pensando em trabalho, levantava domingo achando que era pra dar expediente, passava todo o tempo livre jogando paciência no celular, só conseguia falar de trabalho e me sentia cansado já na sexta porque lembrava que na segunda ia ter que voltar. Escrevia em vários papeizinhos a palavra "socorro". Um belo dia teve uma reunião com a diretoria e aí queriam me empurrar mais uma função gigante que não era pra ser minha. Aí eu surtei e sumi numa nuvem de fumaça.

— Amigo, que barra — disse Bianca, que seguia resistindo ao instinto de tocá-lo.

— *Burnout* também tá super em alta lá em São Paulo — acrescentou Denise, sem desviar os olhos do celular. Lúcio e Bianca não conseguiram reagir. — Amigo, mas que chique isso que você tem na mão agora. Eu conheço criador de conteúdo que pagaria por uma demissão-surpresa só pra ter um arco narrativo interessante no calendário.

— Um arco de conteúdo sobre a minha dor?

Aos poucos Lúcio lembrava que era muito cansativo se abalar toda vez que Denise falava ou fazia algo chocante.

— O que foi? — retrucou Denise. — Tudo que é ruim de viver é bom de contar!

— Ai, Denise, para com isso! — pediu Bianca, tentando conter a amiga.

— E não é isso que ele faz com os desenhos? — questionou Denise. — Transforma dor em traço?

— Fazia — corrigiu Lúcio, de cara fechada.

— Fazia porque é besta. Não devia ter deixado nunca de fazer — insistiu Denise.

— Nem todo mundo tem o privilégio de ser pago pra ficar lorotando na internet — alfinetou ele. — Eu deixei de desenhar porque precisava arrumar um trabalho de verdade pra sobreviver.

— É? E como que tá esse trabalho que você encontrou? — contra-atacou Denise. — Eu tô até agora tentando entender como que eu tô em Natal desde quinta e só fiquei sabendo dessa história de demissão-surpresa hoje, e isso porque eu tive que pescar a informação de uma moça x num posto de gasolina.

— Porque, mesmo você querendo muito, Denise, o mundo não parou quando você foi embora pra São Paulo — devolveu Lúcio. — E eu, graças a Deus, não devo mais satisfação nenhuma da minha vida a você.

Denise engoliu em seco.

— Segura! — gritou Lúcio, que quase não conseguiu avisar as amigas do quebra-mola que surgira à sua frente.

O pulo do carro foi desproporcional ao tamanho do alarde do amigo. O alarde tinha outro motivo.

— Mas, Lúcio, não pode acontecer essas coisas e você simplesmente não falar — Bianca se adiantou.

— Ô, amiga, mas eu também não tinha pra que encher a sua cabeça nas vésperas do casamento, né?

O argumento do amigo fazia sentido.

Depois de se esgotarem com conversas que não chegavam a lugar nenhum, os três ocupantes do carro enfim se calaram. Assistir ao anoitecer na estrada era mágico. Plantações de cana-de-açúcar se tornavam berço para que um colorido sol pudesse descansar. O céu se cobria de escuro de uma ponta a outra, e o aroma de cana fermentando se misturava à maresia, enchendo os pulmões. Denise tentava guardar cada momento daquela viagem dentro de si, mesmo os que lhe doíam mais. "Eles não sabem", ela pensava, "eles não têm ideia". Estava de volta, e isso era o que importava.

— Desculpa por ter desaparecido e ficado sem dar notícia esses anos todos... Eu queria muito falar com vocês, mas foi aparecendo uma coisa, depois outra, e eu acho que eu não tava tão pronta pra lidar com parte do meu passado, então fui só colocando coisa em cima de coisa. Eu sei que não foi legal, eu sei. — Denise sempre sabia o que falar. — Mas agora eu tô aqui e eu queria muito poder viver esse momento junto com vocês. Desculpa se eu tô forçando de alguma forma.

— Não, amiga, o que é isso! A gente tá... — respondeu Bianca. — Eu tô muito feliz que você tá aqui com a gente!

— Eu também tô feliz — acrescentou Lúcio, chateado. — Tô muito feliz, sim. Só acho que a gente devia dar uma segurada nas brincadeiras, que tem coisa que eu não dou conta mais. — Respirou fundo. — E também não foi legal da minha parte falar que internet não é trabalho de verdade.

— Eu bem queria que não fosse — disparou Denise, já sentindo o clima mais leve. — Ou pelo menos que fosse só trabalho. Hoje em dia eu durmo e acordo na internet. — Deu um toque no ombro de Lúcio, e apontou. — Pronto, a entrada pra Pipa é ali!

— Como que passou esse tempo todinho e você ainda reconhece, mesmo de noite? — perguntou Bianca, surpresa.

Lúcio ligou a seta e reduziu a velocidade.

— É que tem uma Denise que eu deixei ali uns anos atrás, aí esse é um dos caminhos da minha vida que eu não tenho como esquecer — ela divagou no escuro do carro, e foi interrompida pela luz do celular. — Agora, Lux, se você puder andar um pouquinho mais rápido, eu agradeço, senão eu vou acabar tendo que começar atrasada.

— ATRASADA? — se revoltou Lúcio.

Chegaram na pousada aos trancos e barrancos e prestaram atenção em pouquíssima coisa, apenas concentrados em se dividir para fazer o check-in, estacionar o carro, correr com as bagagens e ocupar o chalé, uma casinha com rede na frente. As áreas comuns todas eram iluminadas timidamente, garantindo ao estabelecimento um clima intimista e misterioso. A malona de Denise quicava entre os intervalos de pedra e grama que levavam até a porta do chalé que os três amigos dividiriam nos próximos dias.

Assim que entraram, Bianca correu para o banheiro. Denise logo identificou a quina de parede onde se instalaria, tombou a mala no chão e começou a tirar de dentro dela toda a sorte de coisas. O anel de luz e o tripé foram montados com agilidade ímpar. Afixou o tecido extravagante na parede, acendeu um incenso de maracujá e foi dispondo itens diversos na linha do que a câmera conseguiria captar: um Buda, um terço, uma garrafa de cachaça 51 e um vaso ladrilhado com uma espada-de-são-jorge enorme, tudo isso justificava o peso da mala. Sem perceber que estava de cenho franzido, Lúcio observava tudo sentado no sofá, enquanto recuperava o fôlego dos últimos momentos corridos da viagem.

— O que foi? — perguntou Denise para Lúcio. — É pra espantar as más energias.

Lúcio riu baixinho. Denise se incomodou com o deboche silencioso do amigo.

— Amigo, eu tô te achando tão carregado! — disse ela, sonsa, enquanto procurava uma última coisa na mala. — Tô pensando até em chamar Bento pra cá, pra ver se você alivia essa tensão.

— Você não tem nada que se meter nesse assunto — Lúcio a cortou.

Bianca saiu do banheiro com a expressão de uma bexiga aliviada. Lúcio escondeu a revolta. Denise havia tirado da bagagem sem fim uma garrafa de café e um conjunto de xícaras.

— Hoje de noite vocês vão me ajudar, né? — Ela serviu duas xícaras de café. — Então vão precisar disso.

Bianca recebeu a xícara. Lúcio recusou.

— Denise, eu tenho ansiedade. Não posso tomar café depois que anoitece — explicou, sua cabeça ainda rodando com o comentário capcioso da amiga.

— É por sua própria conta e risco, então. — Ela colocou a xícara destinada a Lúcio em cima do frigobar. — Qualquer coisa, tá aqui.

Enquanto Bianca provava o cheirosíssimo café e Lúcio tentava entender por que era tão grave assim ele não aceitar a bebida, Denise encaixou o celular no tripé, sentou-se no chão em posição de meditação, respirou fundo e encostou o indicador no botão central do aparelho.

"Boa noite, sonhadores!

"Eu me chamo Denise e estou muito feliz de estar com cada um de vocês na noite de hoje. Quem me acompanha pela mídia social deve ter percebido que eu mudei de ares nesses últimos dias, e eu tava precisando mesmo olhar mais pra dentro, reencontrar minhas raízes e me dar esse tempo pra respirar e pensar em como ser a melhor versão de mim mesma. Então, estamos nesse processo de recalcular rota, mas é claro que eu não poderia me esquecer de vocês nem do '#SeuSonhoComigo'!

"Pra você que tá chegando agora por aqui, já vai apagando a luz e ficando numa posição mais confortável, pode ser deitado ou mesmo sentado. Agora, começa a prestar atenção na sua respiração e vai sentindo o ar preencher pouco a pouco os pulmões. É tão difícil a gente parar e respirar com consciência, na correria do dia a dia, né? Mas aqui a gente pode. Inspirando, segurando e soltando bem devagar, até começar de novo. Nesse processo, aproveita também pra desfazer as tensões ao longo do corpo, da cabeça até a ponta dos pés. Sem pressa. Aqui a pressa não precisa existir. Aqui não existe o antes, nem o depois, só o agora. E agora você está caminhando sozinho pela madrugada fria.

"Os prédios se levantam à sua volta e talvez você normalmente não andasse desacompanhado por essa parte da cidade, mas você se sente estranhamente seguro, enquanto o ar com cheiro de mar e o sussurro crescente das ondas lhe guiam. E é quase como se você soubesse exatamente o que precisa fazer. Ao virar uma esquina, a praia noturna e vazia se descortina à sua frente. Quase lá. Você atravessa a rua, desce o calçadão e se deixa abraçar pela presença inquestionável do mar, que se espalha em gotículas pelo vento, lhe abraçando por todos os lados. Você inspira esse ar. Você expira esse ar. E o mar à sua frente vai fazendo com que todas as suas defesas se dissolvam, para que você possa estar inteiramente presente nesse momento, pois esse momento é tudo que existe.

"Você olha para o lado e percebe que não está sozinho. Encostada num carro antigo cuja cor não se pode precisar, uma figura esguia vestida em trajes sociais se deixa envolver por uma nuvem de fumaça. Seus cabelos saem de um chapéu de aba larga e se espalham no ar como se estivessem debaixo d'água. Você sente como se a figura lhe chamasse e, num misto de curiosidade e apreensão, decide se aproximar.

"A brisa marítima lhe carrega. Ao perceber que você se aproxima do carro estacionado à beira-mar, a figura se prontifica a lhe abrir a porta do banco de trás. Enquanto entra no carro, seus olhos se cruzam com os dela e você tem a sensação de já ter visto aquele par de olhos em algum lugar. A porta se fecha, mas o mesmo vento com gosto de mar circula também dentro do veículo. A motorista dá a volta no carro e se senta em frente à direção. Do antigo painel, ela puxa um microfone de rádio, se vira, olha dentro dos seus olhos e lhe fala, como se por telepatia, algo que só você consegue ouvir."

— Denise! — chamou Bianca.
— Oi, amiga.
Ela tinha acabado de desligar a live.
— Lúcio dormiu.

06

SORRISO SEM GATO

SEUSONHOCOMIGO

O BARULHO DOS CHINELOS ARRASTANDO NO CALÇAMENTO fazia parte da sinfonia de Pipa e, junto com as luzes, cores e toda a fumaça no ar, pintava a paisagem daquela noite. Bianca se deixou convencer por Denise que não havia problema nenhum em deixar Lúcio dormindo para dar uma voltinha; "ele precisa descansar", ela disse. Era verdade, não era? E, também, não era bom ter um tempinho com Denise sem a negatividade do amigo por perto? Sorriu.

Na rua do centro, borbulhavam sotaques de todos os cantos do mundo, entre goles, tragos, conversas e risadas que se deixavam estender por calçadas que pareciam não saber a hora de dormir. O som do arrastado chinelar das amigas de longa data se unia ao concerto noturno local e abafava qualquer questionamento que pudesse surgir na cabeça de Bianca.

De calça indiana e top de crochê, Denise desfilava entre gringos e troianos, com um coque alto e frouxo que mal parecia sustentar todo o cabelo. Caminhava num balanço suave, como se o próprio tempo não existisse, e cada movimento, cada olhar inesperado bem lá no fundo dos seus olhos, nem que fosse pra parar no meio da rua e lhe dar o mais simples dos avisos, lembrava Bianca de por que a amiga lhe encantava tanto.

— Tu me espera aqui um segundinho? — perguntou Denise.

Bianca assentiu enquanto a amiga costurava caminho em busca do ambulante do outro lado da rua. Não passavam carros ali. Não que não pudessem passar, só não conseguiam, pelo menos não àquela hora, já que a noite de Pipa sempre tinha gente saindo pelo ladrão. Bianca gostava de multidões. Gostava de sentir-se participando de algo maior. O pertencimento lhe era muito parecido com desaparecer. Dissolver. Se misturar. Denise lhe arrancou do transe com uma *long neck* e um sorriso.

Quando Denise estava feliz, sua alegria parecia coisa concreta, e, naquele momento, era como se fosse tão grande que se espalhava por toda a sua volta. Quando morava em Natal, aquele lugar era seu refúgio de todo o resto. Pouco mais de uma hora de carro e seus pés já tocavam um chão em que ela se sentia mais como ela própria. Fazia tanto tempo desde a última vez, que ela quase tinha se esquecido da sensação. Seus olhos brilhavam de novo e de novo, como se observassem o tumulto noturno da colorida e sonora avenida Baía dos Golfinhos pela primeira vez. Antes que conseguisse tomar o primeiro gole da cerveja, Bianca se antecipou.

— A gente devia brindar, né?

— Acho uma ótima ideia. — Denise segurou a garrafa à sua frente, como se apontasse para a amiga. — E vamos brindar a quê?

Bianca se engasgou nas palavras. Diferente de quando Denise falava, tudo que passava pela sua cabeça sempre parecia a coisa errada a se dizer. Queria falar várias coisas, mas tinha medo de estilhaçar o momento com suas noias demasiadas. Tentou não tentar muito, respirou fundo e disse:

— Aos sonhos que ficaram pelo caminho.

— Aos sonhos que ficaram pelo caminho — Denise repetiu, devagar, pois tinha o costume de repetir aquilo que não queria esquecer.

Tilintaram os gargalos das garrafas suadas, fazendo com que alguma espuma e cerveja se espalhassem pelo ar. Beberam quase em sincronia. O frio da cerveja que lhes descia a garganta aplacava pouco do calor daquela noite na praia da Pipa.

— De zero a dez, quanto que você tava com saudade? — perguntou Bianca.

— De Pipa ou de você? — devolveu Denise, com carinhosa malícia.

— De Pipa, né?

Bianca ficou tão envergonhada que quase não conseguiu costurar a simples frase.

— Dez — disse Denise, e seu rosto foi tomado por uma tristeza suave. — Eu passei muito tempo procurando outra Pipa pra mim, mas depois entendi que nenhum lugar ia trazer de volta a pessoa que eu era aqui naquele tempo. Você costuma vir?

— Não. — Bianca hesitou, mas continuou: — Na verdade, eu não voltei aqui depois que você foi embora.

Denise tomou um gole da cerveja e olhou para o outro lado. Bianca sentiu uma agonia lhe subir da boca do estômago. Tinha estragado aquele momento, porque não sabia quando se calar. De novo. Quando Denise tornou a lhe olhar já estava com outra expressão, para o alívio de Bianca.

— Já sei o que a gente vai fazer! — disse como uma criança traquina.

A amiga tomou a mão desocupada de Bianca e saiu lhe conduzindo até desaparecerem na multidão.

Ainda que o mar parecesse uma imensidão escura e infinita, a lua se levantava como um fio curvo em neon cujo reflexo se espalhava salpicado entre o movimento suave das ondas, misturando o que era oceano e céu numa coisa só. Foi só quando finalmente chegaram na praia que Denise soltou a mão de Bianca.

Tinham descido as ladeiras de Pipa correndo, as duas. Um rolé com Denise invariavelmente progredia para uma corrida, e, quando você via, já estava perdendo o controle com ela, entre gritos de terror e prazer, enquanto se desviava do resto do mundo, sem necessariamente saber onde parar. Naquele dia, pelo menos, o destino era a beira do mar.

A areia macia e úmida era convidativa. Bianca se rendeu fácil demais e tombou sentada, ainda ofegante da corrida. De algum modo sua cerveja sobrevivera à aventura. Abasteceu-se de um gole. Denise mal parecia ter feito uma leve caminhada. Namorava o mar à sua frente, hipnotizada. Já fazia muito tempo. Tempo demais. Sacou o celular, como num movimento de defesa. Tentou encaixar o que via à sua frente na tela do telefone, sem sucesso. Não é nem que ela não soubesse que era difícil registrar a lua, ela sabia. Era só um esforço desesperado para fazer caber um momento milagroso num display de pixels. Para que as coisas fossem eternas. Para que nada precisasse acabar.

Sua irritação com a incapacidade do celular de operar como um dispositivo mágico não foi suficiente para lhe tirar do estado de encanto em que a presença do mar lhe colocava. A brisa com gosto de sal lhe enchia os pulmões e se espalhava como uma onda de paz por todo seu corpo. Pediu então a Bianca que lhe ajudasse a desamarrar o top de crochê, pois não conseguiria sozinha. Depois de assessorar Denise com a tarefa inesperada, e ver a amiga se desfazer das calças e do biquíni, Bianca finalmente entendeu o que estava acontecendo. Ela se assustou.

— Amiga?

— O que foi? — disse Denise, olhando de rabo de olho para Bianca, e logo se voltou para o mar. — Você não vai entrar?

Completamente nua, Denise caminhou, suave, em direção ao mar. *Suas costas são muito bonitas*, Bianca pensou. Não só as costas. Bianca sempre achou Denise mais bonita que ela. Quase como se ela mesma quisesse de alguma forma ser a amiga, ou mesmo... Sentiu-se revirar de dentro para fora, enquanto observava uma Denise pouco iluminada ter os pés beijados pelas calmas ondas do mar silencioso. Os pés dela também eram muito bonitos.

A amiga gesticulou de novo que ela viesse para perto e, porque não sabia mais o que fazer, Bianca tirou vestido e biquíni, e ficou uns segundos paralisada, sem entender de onde tinha vindo aquela coragem. Seu corpo estava tenso, talvez por estar tão à mostra. Bianca nunca fora a mais saidinha... Andou ligeira na direção de Denise enquanto tentava relaxar o nó que tinha tomado conta dos seus ombros.

Denise não conhecia nada maior que o mar. Avançava pouco a pouco para dentro das águas mornas e serenas, cada centímetro do corpo se entregando ao abraço marítimo daquele momento. Não era possível, aquele lugar. Mergulhou no escuro silencioso das águas e ficou por ali um pouquinho, ouvindo tudo muito longe e devagar, como se coisa alguma pudesse lhe alcançar, nem as batidas do seu coração. Sentia bolhinhas de ar se desprendendo do nariz e buscando a superfície, enquanto submergia naquele momento em que o próprio espaço-tempo se distorcia. Só voltou mesmo para cima porque precisava de ar.

Não estava tão escuro que não desse pra enxergar. Bianca havia mergulhado até o pescoço, mas não ousara molhar os cabelos. Olhava para cima em busca da lua que quase não existia.

— Quando tá assim, eu nunca sei se é crescente ou minguante — observou Bianca.

— Faz alguma diferença saber? — questionou Denise, afastando os fios molhados de cabelo do rosto. — Crescendo ou minguando, ela tá sempre indo em frente e voltando pro mesmo lugar.

Os olhos de Bianca fugiram da lua e chegaram em Denise. A água do mar escorria por seus ombros, criando caminhos cristalinos nas curvas esguias. Estava mais bonita que nunca.

— Toda vida que eu vejo essa lua me lembro de você — disse Bianca.

— Sério? — Denise abriu um grande sorriso, enquanto descia para ficar também submersa até o pescoço, de frente para a amiga. — Posso saber o porquê?

Bianca tremia um pouco, mas não era frio. Denise buscou as mãos da amiga, debaixo do mar. Seus dedos se entrelaçaram com naturalidade.

— Lembra não? Quando a gente se conheceu, você me deu de presente um livrinho de bolso de *Alice no País das Maravilhas*, e tem uma hora que a Alice vê o gato desaparecer, ficando só o sorriso, que era tipo essa lua, só o risquinho. — Enquanto Bianca narrava, Denise se aproximava mais e mais, a despeito do coração inquieto da outra. — Aí teve uma parte que você tinha destacado que Alice pega e fala...

— Tenho visto muitos gatos sem sorriso, mas sorriso sem gato é a primeira vez — completou Denise.

— Isso! — Bianca se alegrou, mas seguia nervosa com o calor do corpo de Denise chegando cada vez mais perto. — Então você lembra?

— E eu lá tenho como te esquecer? — perguntou Denise, perto demais.

Bianca achou gostoso ouvir aquelas palavras, naquela distância daquele rosto tão bonito. Mesmo sabendo que era mentira. Era ainda a mentira bonita que ela precisava ouvir. Uma mentira que lhe mantivesse quente e amada e presente e viva. Olhou nos olhos semicerrados de Denise, aqueles olhos em que só entrava quem ela deixava, e se sentiu de novo em casa. Bianca puxou a amiga para um abraço de consequências eletromagnéticas. Seu rosto tombou para o lado, chegando tão perto do ouvido de Denise quanto poderia chegar.

— Sabe quando você disse que tem uma Denise que você deixou aqui em Pipa, no passado? — A fala de Bianca se entrançava nos cabelos molhados de Denise. — Eu sempre senti que tem uma Bianca que você levou, quando foi embora pra São Paulo.

Ela se desprendeu do pescoço de Denise, e respirou fundo, como que voltando a si. Desfez o laço que ligava as mãos das duas e se afastou um pouco, para respirar outro ar que não o de Denise. Não podia esquecer, embora o esquecimento fosse muito tentador. Denise tomou o que a amiga disse com uma colher de chá, pois Bianca não sabia da missa um terço.

— Será que Lúcio acordou? — Bianca mudou de assunto.

— Duvido muito. — Denise aos poucos flutuava para a superfície. — Ele tava precisando descansar.

Até o momento, Bianca tinha evitado pensar no acontecido com sucesso, bem como fazia com muitas outras coisas. Não gostava de se sentir confusa. Também não queria criar caso. Aquela era pra ser uma viagem tranquila e divertida entre amigos. Algo que desse um tempo pra sua cabeça depois do... E o trajeto de Natal para Pipa já tinha tido seus atropelos. Bianca pensou e repensou se tinha sido uma boa ideia, colocar Lúcio e Denise no mesmo lugar, uma vez que havia momentos em que a tensão entre os dois não conseguiria ser cortada nem com uma faca bem amolada. Sentia também que tinha falhado com o amigo por não perceber que ele precisava de ajuda. Pelo menos o ASMR de Denise lhe daria uma boa noite de sono, ela pensou.

— E por que eu não dormi também? — perguntou Bianca. — Foi por causa do café?

— Foi. Mas acho que você também não tinha mais o que dormir.

— Tinha um gosto tão ... — Bianca tentou lembrar — característico. O que é que você coloca além de café?

Denise sorriu de leve, saboreando a confusão da amiga, enquanto boiava com os olhos fixos no fio prateado de lua que insistia em rasgar o breu do céu.

— Segredo.

Sabia bem como colocar pontos-finais.

No escuro daquela hora, todos os outros hóspedes já tinham se recolhido. Denise e Bianca andavam com cuidado para não tropeçar, eventualmente se atrapalhando, rindo e fazendo mais barulho do que se tivessem andado sem cuidado. Bianca se perguntava por que tudo era mais divertido ao lado de Denise. Poderia escutar a risada da amiga por um contínuo eterno.

Lúcio estava no mesmo lugar onde o deixaram, deitado na rede da varanda. Passaram com cuidado para não importunar o amigo em seus sonhos. Ao abrir a porta do chalé, uma pequena surpresa. Tinham esquecido a TV ligada tocando o DVD acústico MTV Kid Abelha repetidamente enquanto Lúcio dormia sem aparente incômodo.

07

OS DRAGÕES NÃO CONHECEM O PARAÍSO

SEUSONHOCOMIGO

Eu estou bem. Eu estou calmo. Eu consigo contar até dez. Eu só saí da igreja porque precisava respirar. Não que ninguém estivesse me impedindo de respirar, também. Que invenção essa história de fazer casamento de dia, com o calor que faz nessa cidade! Calma, Lúcio, calma. Não vai suar mais, que depois o povo vai ficar falando da sua camisa toda marcada. Respira fundo, vai dar certo. Como foi mesmo que eu cheguei aqui?

— Lúcio? — ele me chama, e meu susto é tão grande que eu automaticamente começo a andar na direção oposta à da voz. — Tá fugindo de mim?

Ele me segue enquanto avanço a passos largos.

— Tô fugindo de você, não. Tô fugindo de todo mundo.

Uma mentira e uma verdade.

Já não bastava dar conta de Denise, ainda tinha que enfrentar esse outro fantasma do passado? E ele não tinha nada que estar me seguindo. Que ideia! O dia estava indo relativamente bem. Ok que já faz mais de meia hora que Bianca espera o noivo sem sucesso, mas é só um detalhe. O importante mesmo é que outra pessoa tinha decidido também não mostrar a cara, e eu ia ter como respirar. Ou talvez fosse só uma esperança boba minha que por um momento as coisas pudessem ser tranquilas. Quando chegamos na rua atrás da igreja eu paro, não só pelo cansaço, mas porque percebo que a figura de batina preta não vai desistir da perseguição. Respiro fundo e tombo sentado num banco improvisado de alvenaria que serve aos taxistas que por ali aguardam passageiros.

— Eu achei que você não vinha — eu digo.

— Você achou que eu não vinha ou queria que eu não tivesse vindo? — ele devolve.

— Eu sei lá, Bento! — me revolto. — Pergunta difícil!

— Toda pergunta difícil tem uma resposta fácil — ele me diz ao se sentar ao meu lado. — É só procurar dentro da gente.

Eu me permito olhar nos olhos dele uma única vez. Ainda são os olhos escuros e calmos daquele tempo, só que agora adornados por óculos redondos de armação metálica finíssima. A boca também é a mesma, sempre disposta a se virar em sorriso e graça. Como pode alguém ser doce desse jeito? Eu só queria que a presença dele não me acalmasse tanto. Só não queria me sentir tão à vontade com ele por perto. Talvez assim eu conseguisse pensar e enxergar alguma outra coisa que não fosse Bento.

— O que tá acontecendo lá dentro? — Bento pergunta, de polegar apontado para a igreja. — Eu achei que ia chegar atrasado.

— O boy de Bianca não chegou ainda.

— Vixe, ela deve estar doidinha. — Ele cruza as mãos atrás da cabeça. — Mas já, já ele chega.

— É, deve ser.

Deve ser. Pouco importa. Talvez, Lúcio, se você ficar bem paradinho onde está, esse seu corpo imenso possa absorver de volta todo o suor e o vermelho do rosto até tudo magicamente desaparecer, talvez. Pense nisso. Às vezes isso não é nem Bento que está lhe deixando assim, é só essa cidade quente do cão.

— Toma.

Ele me entrega um lenço de tecido, como se escutasse o que eu estava falando comigo mesmo, e eu enxugo a testa.

— Seria mais fácil se você não tivesse vindo — concluo.

— Seria mesmo. Mas eu tinha que dar um jeito de te encontrar e saber se você tava bem, já que você resolveu parar de me responder.

Engulo em seco. Por algum motivo eu achei que Bento ia agir como uma pessoa normal e se fazer de doido, mas ele não é assim. Meses atrás, quando eu achava que tava no pico de estresse com trabalho, um e-mail dele caiu na minha caixa de entrada. Uma foto do sol nascendo no horizonte e uma mensagem. Que saco, eu pensei, fazia anos que eu não via a cara de Bento. Como é que ele descobriu meu e-mail e me colocou nessa mala direta? Escolhi ignorar. É isso que acontece com quem resolve não ter perfil em rede social, tem que mandar as imagens de tia por e-mail, como os neandertais.

Na outra semana, veio outra mensagem igual. A mesma foto e uma frase. Por um momento eu considerei colocar o padreco no spam, mas um tsunami de demandas me engoliu e eu só deixei passar. O terceiro e-mail, na terceira semana, eu nem cheguei a abrir, só senti uma pontada de inveja do tempo livre que se tinha no seminário. O quarto e-mail idêntico chegou num dia que eu estava com o cão nos couros. Escrevi uma resposta curta:

"Bom dia, Bento!

Como você tá? Quanto tempo! Linda a foto. Acho que o seu e-mail tá com algum problema, porque eu já recebi essa mesma mensagem outras três vezes! Dá uma olhadinha nisso.

Abs,

Lúcio"

Não demorou meia hora e a notificação do celular me avisou que ele já havia me respondido:

"Querido Lúcio,

Estou bem! Os dias aqui no seminário passam num ritmo diferente, mas acho que a rotina é importante para deixar a cabeça no lugar.

Sobre as fotos, agora que você falou, elas são bem parecidas mesmo, né? (risos) Mas não são a mesma. É que a janela do quarto onde eu durmo aqui dá para uma reserva de Mata Atlântica e, como todo dia eu acordo bem cedinho pra fazer minhas orações, acabo vendo o sol nascer e me lembrando daquele dia na praia em que a gente mal conseguiu dormir e você me levou pra ver o alvorecer na beira do mar.

As frases também são diferentes entre si. Esses dias eu achei na biblioteca do seminário um livro perdido de Caio Fernando Abreu (eu sei, que sacrilégio! Kkkk) e lembrei que, quando a gente andava junto, você falava muito dele. Aí eu fui destacando alguns trechos bonitos que me lembraram de você. Tipo esse:

'Os homens precisam da ilusão do amor da mesma forma como precisam da ilusão de Deus. Da ilusão do amor para não afundarem no poço horrível da solidão absoluta; da ilusão de Deus, para não se perderem no caos da desordem sem nexo.'

Espero que não tenha problema eu mandar esses e-mails. Encontrei Bianca esses dias para pegar o convite do casamento e ela disse que você tem trabalhado bastante, então se eu tiver incomodando me fala, por favor.

E você, como está?

Abraço!

Bento."

Bom, que jeito maravilhoso de parecer um grande filho da puta. Fiquei sem saber onde me enfiar. Desse dia pra frente começamos a trocar e-mails. Ele falando das leituras que fazia, dos estudos no seminário e de aprender a fotografar. Eu falando do trabalho, do trabalho e do trabalho. A aproximação dele veio quando eu mais precisava, porque eu tinha me distanciado de todo mundo com que eu convivia. Afinal, quem aguenta uma pessoa que só sabe falar de trabalho?

A cada correspondência digital de Bento que eu lia, mais abraçado eu me sentia. Ler e responder àqueles e-mails tinha se tornado a parte mais doce do meu dia. Escolhia cada palavra com cuidado e costurava as frases com carinho, porque queria que ele sentisse o mesmo acolhimento que eu. Queria que ele soubesse que eu estava grato pela presença dele (mesmo que virtual) ali comigo.

Durante nossa conversa sem fim, fiz as pazes com o fato de que aquele trabalho ia me destruir. Não é como se eu já não soubesse, porque minha psicóloga martelava isso havia semanas na minha cabeça. É só que eu não conseguia entender outro jeito de ser que não fosse trabalhando até a cabeça fritar.

A voz de Bento me puxa de volta pro momento presente.

— Mas, e aí? Como foi? Deu certo?

— Deu certo o quê? — respondo, ainda tentando me orientar.

— Deu certo você se demitir?

— Acho que "dar certo" não é bem a expressão pra descrever o que aconteceu, mas eu consegui sair de lá, sim.

O sorriso iluminado de Bento se abre de uma ponta a outra. Sua alegria é tão grande que se traduz num abraço inesperado do qual não consigo (nem quero) fugir. Por um momento não existe mais o meu rosto vermelho, nem meu corpo peguento. Tudo que existe são os enormes braços de Bento me aninhando e me levando para um mundo de paz.

— Eu tô muito feliz por ti — ele fala, comigo ainda dentro do abraço.

— Eu tô muito feliz também — minto.

Não estou feliz. Não sei o que vou fazer da vida. Não sei se vou conseguir pagar o aluguel até o fim do ano. Não quero voltar para a casa dos meus pais. Talvez, se eu pudesse morar aqui, nesse abraço, as coisas pudessem finalmente fazer sentido. Mas não. Eu me solto dos braços de Bento e mudo de assunto.

— E como vão as coisas no seminário?

— Tudo caminhando — ele responde. — O sol ainda nasce todos os dias no mesmo lugar. Só não é tão bonito como aquele que a gente viu amanhecendo na praia.

— Eu lembro você dizendo que era a primeira vez que via o sol nascer — digo, envergonhado.

— Era a primeira vez que eu via com você — ele brinca.

— Pilantra! — Rio, dando um tapa na sua coxa, e minha mão quase demora a se recolher.

— Ainda bem que aquele dia eu esqueci minha rede — ele diz, e seus olhos viajam no tempo.

Os meus viajam também.

Agora sou mais jovem e já é noite. Estamos naquela casa de praia em Camurupim que por tantos finais de semana tinha sido meu ponto de fuga. A cabeça roda mais que antes. Mais cedo, alguém (imagina quem) me convenceu de que seria uma boa ideia engolir uma cartela inteira de relaxante muscular com vodka de tira-gosto, e desde então o mundo inteiro parece estar em *stop motion*.

Eu desaprendo a interagir com as pessoas. Toda conversa que escuto parece ser falada num idioma que não consigo acompanhar. Esqueço como se montam as palavras e, quando tento colaborar com algum argumento importante, acabo dizendo uma besteira. É isso. Essa é provavelmente a maior besteira que eu já falei na vida e ninguém mais vai querer olhar na minha cara depois disso, com certeza. É melhor eu sair daqui. Deixa eu pegar minha rede. É melhor eu ir lá para fora. Talvez assim dê pra eu respirar.

Sentado no chão do alpendre, sozinho, Bento afina um violão. Tentando fazer o mínimo de barulho, eu armo a rede. Meu Deus, eu tô muito doido.

— Tá muito doido? — Bento pergunta.

— E você agora lê pensamento, é? — respondo, assustado.

Ele ri.

— Não, menino, você falou alto.

— Falei, foi?

Eu fico vermelho de vergonha. Por falta de um buraco para me enfiar, subo na rede num impulso, mas acabei armando tão baixo que minha bunda se choca com o chão.

— Cacete! — xingo.

— Lux, cuidado! — Ele se levanta e presta socorro, seu braço forte me sustentando de novo. — Tu se machucou?

— Desculpa, Bentinho, eu tô muito doido — digo, meu coração saindo pela boca, mais pelo abraço dele que pelo susto da queda. — Mas eu tô bem! Eu tô bem.

Eu me afasto do toque.

— Dessa altura não dá pra deitar, não — diz, tirando os punhos da rede do armador. — Precisa fazer uma boca de lobo.

— Boca de lobo?

— É. Tem quem chame também de nó de alma. É um tipo de nó que faz pra deixar a rede menor — explica Bento, enquanto abre os punhos da rede —, aí quando arma em parede que é próxima assim ela fica mais alta e a gente não arrasta no chão.

Com os punhos da rede bem abertos, as mãos habilidosas de Bento dão uma, duas, três voltas e, como mágica, o nó está feito. Mesmo observando com olhos atentos, eu não entendo o que aconteceu. Talvez por estar muito doido. Talvez por perceber justo agora que Bento está sem camisa. Meu Deus, que calor. Pelo menos a rede está armada. Eu agradeço meu amigo descamisado pela dádiva do nó alcançado e me deito. O mundo ainda roda. Eu olho para cima e tento focar no padrão de ripas de madeira que segura as telhas enquanto torço para o efeito dos remédios desaparecer do nada. Escuto Bento tocar. E cantar.

— Amanhã é vinte e três... São oito dias para o fim do mês. Faz tanto tempo que não te vejo, queria o teu beijo outra vez.

Porra, Bento, Kid Abelha?, penso.

— Kid Abelha é muito bom — ele devolve. — Você que é chato.

Então eu falei de novo, é isso? Deve ter sido. Talvez o mais recomendado agora seja mesmo não pensar em nada. Será que eu consigo? Ele também não mentiu. Eu crio picuinha com qualquer coisa que me aparece pela frente. Não consigo deixar as pessoas gostarem das coisas sem dar pitaco. Que saco.

— Mas é um chato legal — Bento complementa, e eu dou graças a Deus que a rede não o deixa ver meu rosto vermelho. — É muito bom conversar com você.

Que bom que alguém pensa assim. Porque eu mesmo tenho muita dificuldade em não me ver como alguém que está sempre incomodando. Que bom que alguém pensa assim e que bom que esse alguém é Bento.

— Mesmo quando você só me responde na sua cabeça — ele completa.

— Desculpa. — Coloco a cabeça para fora da rede. — Eu gosto de Kid Abelha. Não sei por que acabei pensando... dizendo?

— Claro que você gosta — ele me diz, enquanto deixa o violão de lado e tira uma toalha de dentro da bolsa. — Todo mundo gosta de Kid Abelha.

— Peraí, todo mundo é muita gente — respondo, e o vejo esticando a toalha no chão. — Bento, esse chão tá podre! Vai desgraçar sua toalha!

— Tem problema, não — Bento fala, se deitando na toalha. — É que eu esqueci de trazer minha rede. Aí acho que dá pelo menos pra tirar um cochilo por aqui.

— Amigo, deixe de coisa — respondo, sem nem pensar. — Você dorme aqui comigo, venha, se levante.

— Tem certeza? — ele pergunta, e eu sinalizo com a mão para que venha logo.

Só ao vê-lo levantar (ainda em *stop motion*) é que eu entendo a gravidade da situação, mas já é tarde. Eu me afasto um pouco para o lado, e ele entra na rede, sua cabeça junto aos meus pés e vice-versa. Bento passa o braço por trás das minhas pernas para melhor se acomodar. Estamos perto demais, mas seu toque não me deixa desconfortável. Estranho.

Quem sabe não é isso? Quem sabe ser tocado por outra pessoa não precisasse sempre ser algo terrível. Quem sabe. Seria bom. Enquanto nossos silêncios conversam, nos aninhamos naquela nuvem de balançar. Ao longe, escuto o som do Kid Abelha. Deve ter ficado gravado na minha memória. Respiro tranquilo. Isso é bom. Tenho certeza. Isso não pode ser ruim. Não precisa ser. É só que... Eu dou um impulso para me levantar da rede.

— O que foi? — Bento estranha.

— Acho que eu não vou conseguir dormir — explico, me saindo. — Que invenção tomar esse remédio... Mas pode ficar aí sozinho tranquilo!

— Ei!

Estou sentado de frente para o mar. Saí correndo da casa para não ter que prolongar justificativas. A música continua tocando dentro da minha cabeça. Não tenho nada que estar me metendo com Bento. Bento é legal, Bento é do bem. Eu que sou doido por sonhar que alguma coisa pudesse acontecer. Agora pelo menos ele vai conseguir dormir melhor. Suspiro e me rendo à tentação de me deitar no aconchego da areia fria.

Já não está mais tão escuro e o céu se tinge de cores inexplicáveis. O vento que vem do mar percorre cada centímetro do que eu sou. Fecho os olhos e sou abraçado pelo momento. O remédio ainda ribomba na minha cabeça, fazendo com que eu veja e sinta luminosas ondas sonoras se propagando dentro de mim. A voz de Paula Toller, um grande eco etéreo, se espalha perpétua por toda parte.

Talvez fosse isso mesmo. Talvez eu devesse ficar na minha e parar de inventar essas narrativas intrincadas que só me colocam em cilada. Que não tinha como sair nada de bom daquela rede. Que não tinha como alguém como Bento se interessar como alguém como eu. Nunca.

— Acho que eu nunca vi o sol nascer assim — ele fala.

Eu abro os olhos, percebo que Bento está sentado ao meu lado e minhas noias se dissolvem como vitamina C em copo d'água. Ficamos os dois em silêncio, aproveitando o barulho das ondas e a eternidade daquela hora.

O sol se levanta preguiçoso e lança um feixe de luz no rosto de Bento. Eu só queria que ele não fosse tão bonito. Mentira. Queria, não. Seus olhos brilham encantados com o espetáculo que é desenhado à nossa frente. Vencendo todos os meus instintos contrários, eu faço minha mão encontrar a de Bento e dentro de mim aparece um sentimento muito bonito.

— Sabia que ia te achar aqui — você fala, e eu percebo que não é mais a mão de Bento que minha mão segura.

— Denise? Como assim? — Recuo, assustado. — O que é que tu fez com Bento?

— Ele foi embora mais cedo — você me diz, plácida. — Precisava resolver umas coisas em Natal.

— Mas não é assim que acontece. — Eu me levanto e procuro Bento com o olhar. — Bento! — chamo alto, sem resposta.

— Será que não dá pra fazer uma foto bem linda minha aqui com o sol nascendo lá atrás? — você diz, me entregando o celular.

Eu estou atônito.

— Amiga, não é assim que acontece essa história! Não era nem pra você estar aqui!

— É, mas agora eu tô. Vai, Lux, você tira foto tão bem! — você insiste com o celular.

— Denise, devolva meu momento! — imploro. — Você não tem esse direito. Não depois do que você fez com a gente.

— Será que o que eu fiz foi tão grave assim? — você me responde, com um sorriso de canto de boca, desistindo do registro e partindo pra selfie. — Afinal, se Bento foi mesmo parar no convento, a melhor coisa era cortar logo esse romance pela raiz. Não acha?

— Saia da minha frente agora — digo.

— Mas eu já não tô mesmo aqui, Lux, lembra? — você me diz. — Aqui dentro, todas as pessoas são você.

08

NOSSA SENHORA DOS NAVEGANTES

SEUSONHOCOMIGO

No outro dia decidiram descer para a Praia do Amor. Enquanto Lúcio e Bianca usavam toda sua concentração para não se tornarem vítimas da tortuosa escada escavada em falésia, Denise filmava cada pequeno momento da descida, pouco olhando para onde pisava. Desfilava um macacão verde-cana que mudava de forma ao sabor da brisa e seu cabelo esvoaçava tanto que acabou chicoteando o rosto de Lúcio, que só não se estabacou no chão porque Bianca foi mais rápida e o segurou.

Sãos, salvos e com os pés na areia, se demoraram, admirando o que viam. A Praia do Amor levava esse nome, porque tinha formato de coração. As falésias que se levantavam em sua volta faziam parecer que era um lugar alheio ao resto do mundo. E o céu brilhante daquele dia de sol a pino envolvia tudo num abraço tropical.

Bianca foi atrás de alguma água de coco de mais de dez reais e Lúcio estendeu a canga sob a sombra de um cajueiro. Seus esforços em se proteger dos raios solares envolviam um grande chapéu de palha, óculos escuríssimos, bastante protetor solar e uma camisa amarela que estampava a Rita Lee vestida de bruxa e jazia colada contra seu corpo, ensopada de suor.

Enquanto se esforçava para estabilizar a temperatura corporal, Lúcio observava Denise em pé ao seu lado. Seu rosto, de olhos colados no celular, era de uma seriedade que lhe deixava quase inexpressiva. As únicas partes do corpo da amiga que se mexiam eram seus ligeiros dedos, que deslizavam, ampliavam e tocavam a pequena grande tela em suas mãos.

— Dá pra ver alguma coisa com essa claridade? — perguntou Lúcio.

— Dá quase nada — respondeu ela, os olhos ainda sequestrados pelo aparelho —, mas eu já edito tão no automático que nem percebo.

Lúcio observava abestalhado o que se desdobrava à sua frente. Na interface entre as digitais de Denise e a superfície mal iluminada do celular era onde se fazia o ilusionismo. Um jogo de espelhos conduzido pela feitiçaria de dedos datilográficos que inventavam o impossível na microtela HD. Comandos *touchscreen* sumiram no momento em que Denise foi xingada por uma velhinha que só queria passar, dentre tantas outras desventuras. No fim, o produto finalizado da alquimia digital com trilha sonora descolada e alto astral mostrava só um lindo dia de sol para se viver e descer as inusitadas escadas da paradisíaca Praia do Amor #EuMoroOndeVocêTiraFérias #SeuSonhoComigo. Corrigir legenda. Postar. Foi. Ela voltou para o mundo real bem na hora em que Bianca chegou abraçada com seu caríssimo coco, por quem nutria um carinho compreensível, tendo em vista o calor que fazia. Lúcio fez que queria um gole.

— Bora pra água? — disse Denise, enquanto armava o tradicional coque frouxo.

— Vamos! — Bianca se animou.

Estava realizada com o fato que era dia claro e não tinha mais que tirar o biquíni para entrar com sua amiga louca no mar. Já estava bom de sentimentos confusos. Afinal, ela tinha sido deixada no altar, mesmo tendo dificuldade de lembrar o que tinha rolado exatamente. Será que não dava para lidar com um sentimento confuso por vez? Ficou feliz que finalmente poderia ter um dia normal com seus amigos depois de toda aquela loucura.

— Lúcio, você não vem com a gente? — perguntou Bianca, percebendo que o amigo permanecia sentado na canga e imóvel, ao passo que ela e Denise já estavam de biquíni.

— Não, amiga, eu tô de boa. — Lúcio sentia cada gotícula de suor que se formava por cima da camada de protetor que protegia a testa da insolação. — Eu vou ficar aqui olhando as coisas.

— Amigo, aqui é tranquilo. Ninguém vai mexer, não! — Bianca interpôs. — E qualquer coisa dá pra gente ficar vendo do mar.

— Acho que hoje eu passo.

O tom de Lúcio era conclusivo, mas Denise não engoliu.

— Amigo, você tem que se libertar dessas coisas! — disparou, como quem pega algo no ar. — Não tem nada de errado com seu corpo! E, olhe, a gente só tem o corpo que a gente tem agora. A melhor coisa que a gente pode fazer com ele é aproveitar! Você sabia que tem todo um movimento na internet sobre "corpos reais"?

Lúcio ficou com tanto desespero de ter que engajar com a amiga magérrima colocando um holofote no seu corpo gordo e proferindo textão de aceitação que levantou atordoado e já foi se livrando de chapéu, óculos e, com algum esforço, da camiseta da Rita Lee. Diria qualquer coisa para não entrar naquela discussão com Denise.

— Tá bom, amiga, a gente vai! — respondeu, desorientado. — Você tá certa!

Depois da selfie praieira obrigatória, seguiram para o mar. Bianca ia na frente, brincando com as ondas. Qualquer irritação que Lúcio sentia com o comentário sobre *body positivity* da amiga desapareceu no momento em que as águas abraçaram seu corpo. O mar tinha esse efeito de fazer os assuntos humanos parecerem coisas mínimas.

Denise achava que, por ter mergulhado com Bianca no dia anterior, se sentiria menos emocionada naquela manhã, mas se enganou. Mergulhou para que os amigos não vissem suas lágrimas.

Ela se lembrou de quando a levaram para uma praia no litoral de São Paulo e colocou o pé na geladíssima água, finalmente entendendo todas as vezes em que um sudestino lhe falara que amava as "praias do Nordeste" porque as águas eram quentinhas. Não quis mais saber daquele mar que não era o seu. Era só mais uma coisa de que precisaria abrir mão. Mas lá estava de novo. Voltou à superfície e percebeu que os amigos também estavam em seus transes particulares.

Lúcio, por exemplo, tentava se lembrar de algo.

— Amigas, eu tive um sonho ontem. — Ele estreitou os olhos. — Dormi no meio da sua live, né, inclusive — comentou com Denise.

A amiga deu de ombros.

— Você recusou meu café...

— E tava bom o café — disse Bianca, que boiava de olhos fechados. — Você coloca o quê, pra ficar daquele jeito?

— Depois eu conto — disse Denise, sorrindo. — Mas acho que, como Lux tava, nem o café ia segurar. — Voltou os olhos para o amigo. — E como foi esse sonho?

— Não lembro nada — Lúcio buscava na memória —, só que você tava lá. Deve ter sido porque fui dormir ouvindo você falar, né? Aí a voz ficou na cabeça.

— Deve ter sido isso mesmo — concordou ela.

— Lúcio, ontem você não viu porque apagou logo, mas era tanta gente entrando na live dessa menina! — Bianca arregalou os olhos. — Eu fiquei besta! Esse pessoal todo paga pra ouvir você contar histórias, é, amiga? É tudo da sua cabeça?

— É como se fosse — Denise falou sem falar, o que era sua especialidade.

Lúcio só não ficou com uma pulga atrás da orelha porque a onda seguinte a levou. Ficaram os três curtindo as águas quase termais da Praia do Amor por um tempo que não podia ser calculado por relógios. O balanço do mar embalava conversas e risos que remetiam a um passado que já havia sido deles. Era bom que estivessem juntos de novo, não era? Esse era definitivamente um dia bom, Bianca pensou.

Saíram do banho desapressados, com a cabeça levemente cozinhada do sol, do sal e das lembranças tantas. Estavam os três mais leves, como se o mar os tivesse sintonizado na mesma estação. Denise disse que sabia o lugar perfeito para eles curtirem o pôr do sol e talvez, se Lúcio não estivesse com a cabeça tão relaxada, suas defesas o teriam alertado que aquele trecho de pedras pelo qual eles estavam passando em breve seria tomado pela maré alta, e que não havia nenhum tipo de escadaria que os levasse para a pousada do lado de lá. Mas isso já era assunto para o Lúcio do futuro.

Quando chegaram do outro lado da falésia: uma surpresa. Aparentemente, não tinham sido os únicos a fazer aquela jornada. Um extenso grupo de tilelês se espalhava por todo o lugar.

Um rapaz magro de poncho, com cabelo e barba tão misturados que não dava para entender onde começava um e terminava o outro, recebeu-os colando um terceiro olho de procedência duvidosa na testa de cada um. Dez moços e moças de saia indiana cirandavam na beira do mar. Uma mulher loira de dreadlocks que levava uma calopsita no ombro lia a sorte com búzios em uma peneira de palha de coqueiro. Uma oficina de mandalas com materiais da natureza era guiada por uma senhora que parecia estar em outra dimensão da realidade. No centro de tudo, uma faixa de tecido pintada à mão: "Festival da Temperança". Abaixo dela, o palco principal: uma jangada onde se falava sobre os benefícios de tomar água em garrafas de vidro colorido.

Lúcio virou lentamente o rosto para Denise e apertou os olhos. A amiga fez que não entendia. Bianca estava encantada. Achava o máximo a comunidade tilelê, tanto que até usava brinco de pena na época da escola, só não acreditava que conseguiria sustentar o look nos dias de hoje.

Duas moças que pareciam gêmeas se aproximaram de Denise com sorrisos de ponta a ponta.

— Denise! A gente falou com você agorinha! — alguma delas disse. — A gente achou que você não ia nem ver!

— O quê, eu? Falaram comigo?

A amiga riu com a cabeça pra trás, fugindo do olhar incrédulo de Lúcio.

Pronto, ele podia confirmar: cem por cento das vezes na vida em que achou que podia confiar em Denise estava errado. Ficou tão revoltado que precisou sair de perto da amiga para não ter um ataque. Foi atrás de Bianca, que já estava quase participando ativamente da oficina de mandalas.

— Tá vendo, ela fez de novo! — ele disse. — Inventou outra coisa e levou a gente na conversa.

— Ai, Lúcio, deixe de coisa! Vai ver ela nem sabia mesmo desse rolé... — Bianca franziu o cenho. — E cadê ela?

A amiga havia sumido como numa nuvem de fumaça. Bianca e Lúcio a procuraram sem sucesso, até ouvir a voz que substituiu os mantras no mambembe sistema de som do local:

— Boa tarde, sonhadores!

O queixo de Bianca foi ao chão e Lúcio a olhou com uma cara fechada, como quem diz "eu não disse?". Despojadamente sentada em um banquinho em cima do palco-jangada, Denise sorria ao microfone. Sua voz foi como um chamado para os tilelês presentes e, de repente, todos os pares de olhos daquele pedaço não tão escondido de praia já estavam sob seu domínio.

— Nossa, eu não fazia ideia de que essa festa linda tava rolando aqui na Pipa! Mas fico feliz demais de estar no lugar certo, na hora certa, pra navegar com vocês nessa jornada de autoconhecimento. Estamos todos acomodados? Ótimo! Vamos começar.

"Bom, pra quem não me conhece, meu nome é Denise e eu acredito em sonhos. Não digo isso como uma simples curiosidade, ou um fato sobre mim: acreditar em sonhos faz parte de quem eu sou.

"Eu sempre achei muito engraçado que a gente passa um terço da nossa vida inteira dormindo e que, por algum motivo esquisito, todo mundo age como se o que acontecesse nesse período de tempo não fosse real.

"'Real'. Não gosto do que essa palavra quer dizer. A realidade traz com ela uma arrogância de delimitar uma linha entre o que é e o que não é. Em algum momento, somos ensinados a criar esses cercadinhos na nossa cabeça, e cabe pouquíssima coisa dentro. Cada cercadinho é diferente, porque cada pessoa inventa sua própria realidade, mas gostamos de acreditar que o nosso cercadinho é o único que há. Nos agarramos no conceito do que é tangível, do que existe, pra conseguir circular sem maiores dificuldades no 'mundo real'.

"Sonhos são reais. Não vou colocar isso em questão. Quem já teve um sonho ruim e acordou chorando sabe disso. Quem ficou com raiva de alguém querido por causa de uma briga que teve sonhando sabe também. Quem já conversou com os mortos enquanto dormia sente a mesma coisa, mas é difícil encontrar coragem pra falar.

"Eu nunca deixei de sonhar, nem mesmo nos momentos mais difíceis. Os sonhos sempre foram o combustível que me levou pra frente. A ideia de poder ser outra pessoa, vivendo uma outra vida em outro lugar. A simples possibilidade de que as coisas poderiam ser diferentes fazia com que tudo fosse maior que o real. Se eu já vivia aquilo dentro da minha cabeça, então só precisava trazer o corpo para a mesma sintonia.

"No meu caminho, conheci muita gente que tinha esquecido como sonhar. Andavam com os pés colados no chão, vivendo em piloto automático. Ao final da noite, batiam o ponto da 'vida real' e apagavam, acordando só no outro dia. Estavam todos cansados. Não havia espaço para sonhar.

"Toda vida que eu ia contar de um sonho para alguém era como se quem estivesse me ouvindo entrasse em modo de tela azul. Eu sentia tanta angústia com aquilo acontecendo ao meu redor, que comecei a convidar as pessoas a sonharem comigo.

"Fazia um tempo que eu tinha deixado Natal e tudo que eu possuía era um tripé, um celular e um aluguel caro no centro de São Paulo. Mas agora eu tinha mais. Agora eu tinha sonhos pra sonhar comigo e com cada um de vocês. Sentada no colchão de um apartamento sem móveis, comecei minha primeira transmissão. O primeiro 'boa noite, sonhadores' de todos. O momento que se conecta ao que estamos vivendo hoje aqui, na cidade que me ensinou a sonhar.

"Da mesma forma que um sonho me levou pra longe de Natal, também foi outro que me trouxe de volta. Nesse sonho, eu caminho em meio a escombros de concreto azul suspensos no ar, como que parados no tempo. Tudo é estático e o ar em minha volta cheira a coisa velha e quebradiça, mas existe algo que eu posso fazer. Sempre existe. Enquanto penso nas possibilidades, os dedos das minhas mãos se movem sozinhos e percebo que tudo parece estremecer, querendo sair do lugar. Olho para as minhas mãos e entendo.

"Como quem rege uma orquestra, conduzo cada peça do gigante quebra-cabeça azul no ar, promovendo encontros e encaixes sonoros, que vão aos poucos formando a imagem de um anjo azulado colossal. O mesmo anjo que por um breve período de tempo coloriu a fachada da galeria de arte que levava seu nome. O mesmo anjo que foi derrubado sem cerimônias e abandonado pelo poder público de uma cidade em que tudo que é bonito e histórico acaba virando farmácia. Um anjo a quem havia sido negado o direito de tornar-se memória.

"Acordo sabendo que preciso voltar para Natal com uma missão: reconstruir a estátua do anjo azul."

— Pra quem consegue acreditar no que ela fala, é bom — um sotaque paulista surgiu entre as palmas.

Era Jimmy.

09

ATRAVÉS DO ESPELHO

SEUSONHOCOMIGO

As palmas e gritos eufóricos eram tantos que Denise não chegou a ouvir a provocação do ex. Lúcio se sobressaltou com a presença inesperada de Jimmy, que, numa batalha perdida contra o vento, tentava bolar um beck. O rosto do paulista estava impassível, como se nada que Denise falasse tivesse a capacidade de lhe impressionar. Bianca, que também não o tinha visto ali, engrossava o coro das palmas e parabéns à amiga, até que uma cotovelada de Lúcio a trouxe para o mundo real.

— Jimmy?

Ela estava desorientada, mas não mais que Lúcio, que ainda tentava juntar A + B do que a amiga tinha falado em cima da jangada com o sonho da noite anterior. Ao perceber o que se desenrolava, Denise desviou de meia dúzia de selfies e seguiu como um raio para onde estavam e puxou Jimmy para um abraço.

— Meu amor, que surpresa boa! — O sorriso costurado no rosto de Denise parecia conter qualquer coisa, menos alegria. — O que é que aconteceu? Você não ia pra São Miguel do Gostoso?

— Pois é. — Jimmy se desvencilhou dos braços da ex. — Não rolou.

— Mas não rolou por quê? — Denise arqueou a sobrancelha. — A carona deu errado?

— Nada! Tava tudo certo. — Jimmy aproveitava o processo de enrolar maconha em papel de seda para evitar contato visual com Denise. — Mas, quando eu tava indo pegar o carro, vi o anúncio de um barco de que um gringo aqui da Pipa tava querendo se desfazer. Aí pra mim foi meio que um sinal do universo, sabe?

Denise se incomodou com o tom de Jimmy.

— Sinal do universo?

— Não é assim que você fala? — Pausa para lamber o baseado. — Que é importante estar atento aos sinais?

Denise não respondeu. Lúcio viu de perto a boca da amiga mexendo de raiva e, por um momento, sentiu-se profundamente feliz em vê-la se foder. Bianca ainda tentava processar como Jimmy havia aparecido ali. Jimmy, que, por sua vez, já estava no terceiro malabarismo frustrado para acender o beck.

— E o seu projeto, @jimmypelonordeste, como anda? — perguntou Denise, tentando retomar algum tipo de controle da narrativa. — Eu vi que você ainda não postou nada.

— Ai, Dê, você sabe como é, né? — Ele sorriu com o cigarro artesanal entre os dentes. — Eu refleti muito depois daquilo que a gente conversou no voo pra Natal, e fiquei pensando se eu queria fazer aquilo mesmo ou se só queria ser interessante. Sei lá, queria que você me achasse interessante...

— Eu nunca disse que você não é interessante — Denise se defendeu.

— Mas você me acha limitado — Jimmy emendou, finalmente conseguindo acender.

— Isso é complexo seu, você acha que o mundo te julga porque você gosta de filme de super-herói. Eu caguei muito pra isso, eu só não ia assistir com você.

— Mas foi por isso que você acabou comigo, não foi? Pelo mesmo motivo que você quis ficar comigo no começo. — Ele tragou profundamente. — Você me acha burro. Você me vê como uma pessoa inofensiva. Você nunca riu de nenhum meme que eu te mandei nesse tempo todo.

Jimmy passou o beck para Denise.

— Que história, Jimmy! — Denise puxou a fumaça. — Eu acabei com você porque o tempo de acabar era aquele. Porque eu tinha que vir pra Natal. — Soltou e puxou de novo. — São Paulo não tava mais dando pra mim.

Ela passou o beck pra Lúcio.

— E eu sou São Paulo? — disse Jimmy, com uma expressão um pouco triste.

— É, sim, Jimmy — respondeu Denise, firme. — Você é um lembrete constante da pessoa que eu fui quando eu estava lá. Então, de algum modo, você é São Paulo, sim.

Lúcio passou o beck para Bianca em silêncio, a fim de não atrapalhar a novela.

— Eu acho que todo mundo merece uma nova chance pra ser a pessoa que quer se tornar — continuou Denise. — Fico feliz pelo seu barco.

— É um belo barco.

Jimmy recebeu o baseado de Bianca e voltou a fumar.

Ficaram por ali em silêncio, por um tempo, até Lúcio aproveitar a brecha e mencionar a pulga que estava atrás da sua orelha desde a fala "improvisada" da amiga.

— Denise, então era você mesmo no meu sonho, ontem?

— Impossível, Lux. Mesmo que você tenha visto alguém exatamente igual a mim, não tinha como ser eu, porque dentro do seu sonho todas as pessoas são você.

Lúcio ficou encucado, mas não continuou a abordagem por medo de falar besteira. Aos poucos o sonho lhe ia voltando em pedaços, cenas. Como uma fita de vídeo sendo rebobinada e acelerada, formando imagens que ainda lhe comunicavam pouco. Se sentiu um idiota quando percebeu que havia sonhado com Bento de novo. *Que ideia sem futuro essa de ficar dando cabimento pra um seminarista,* ele pensou. Aqui jaz um juízo.

— Ainda tá dando certo essa história de sonhos? — perguntou Jimmy, debochado.

— Você fala desse jeito porque nunca teve sonho nenhum. — Ela deu o último trago no baseado e o apagou com a sola da sandália de borracha. — Acho que já deu nossa hora, né, gente? — ela sinalizou para Lúcio e Bianca.

— E a gente vai voltar como, se a maré já encheu? — perguntou Bianca.

— Tem uma trilha ali atrás — Denise apontou. — Passa por essa mata e vai dar lá em cima do chapadão.

— Bora!

Bianca era entusiasta de trilhas.

— O diabo é quem vai nessa trilha — respondeu Lúcio. — Eu prefiro esperar a maré baixar.

— Vamos fazer assim — Jimmy falou para Lúcio —: a gente pega o meu barco que tá ali na água e eu te deixo na marina.

— Não, nada a ver. — Denise fez que desfazia os planos de Jimmy com as mãos. — Lúcio vai com a gente, né?

Lúcio, que ainda não havia engolido a história do sonho, se chateou profundamente com Denise mais uma vez querendo moldar o destino a seu favor.

— Não — disse, com a maior certeza do mundo. — Eu vou com Jimmy mesmo. Acho que vai ser massa.

Assim, Lúcio acabou topando a única coisa que lhe deixaria mais ansioso que uma trilha: um trajeto de barco.

Bianca não entendeu muito bem por qual buraco elas entraram ali. Seguia Denise com a confiança de que a amiga conhecia cada centímetro daquele lugar. Caminhavam por uma trilha sinuosa de areia e folhas secas, tão ladeada de mata que se tornava estreitíssima, com galhos apontando por todos os lados. Denise estava em completo silêncio desde o momento em que virou as costas para Jimmy e Lúcio no festival tilelê. Bianca odiava silêncios.

— Ele devia ter te avisado — disse ela —, era o mínimo.

— Nada. Ele tá certo — respondeu Denise, à frente. — Eu que sou cabeça-dura de ficar querendo o melhor pros outros.

— Também nada a ver ele ficar de acerto de contas com você na frente dos seus amigos. O que é que a gente tem a ver?

— Tudo, né, Bianca? — Denise levantou um galho para a amiga passar por baixo. — Ou você acha que eu também não voltei por vocês?

Bianca ficou sem saber o que dizer. Denise continuou o percurso que explorava de forma instintiva. Aproveitavam os últimos momentos de claridade.

— O meu problema com Jimmy é que os pés dele tavam sempre muito perto do chão. E eu sou doida, né.

— É. — Bianca não tinha como não concordar, e refletir. — Quando você tava lá embaixo, falando de sonhos, eu fiquei pensando em como eu acho que não tenho sonhos.

— Mas você não falou ontem que tinha sonhado comigo?

Denise andava em passos largos.

— Não, não esse tipo de sonho — explicou Bianca. — O outro tipo de sonho. O que é tipo a coisa que a gente quer alcançar. Tipo, meu sonho... Fico pensando como não dá pra ser menos interessante do que eu. Meu sonho era me casar! E se casar é um sonho meio besta, né? Porque aí eu não me casei. E agora?

— Eu não acho que se casar é um sonho besta.

— Ah, mas eu acho que eu sou meio besta. — Bianca se esforçava para segurar o passo. — É como se eu tivesse baseado minha personalidade toda no fato de que em algum momento eu ia me casar. E quando isso vai embora, eu sou quem?

— Quem você quiser.

Denise lhe deu a mão. Bianca aceitou e percebeu que os olhos da amiga já a capturavam. Num impulso rápido, Denise puxou Bianca para o topo da falésia. A amiga teve que se segurar em Denise para não se desequilibrar e sentiu de perto o calor daquele corpo que incandescia de suor e sol. O cheiro do protetor solar misturado ao cheiro da amiga também foi deixando Bianca um pouco bêbada e propensa a decisões dúbias.

Havia uma mangueira que se levantava no ponto mais alto da falésia.

E o sol já ia se pôr.

Quando Denise e Bianca sumiram de vista, Lúcio abriu logo o jogo:

— Jimmy, acho que não vai dar certo eu ir nesse barco com você.

— Relaxa, Lux, o barco é novinho e eu fiz umas videoaulas de navegação — Jimmy o tranquilizou sem tranquilizar. — É só pegar a jangada ali e a gente chega rapidex no barco.

— Jangada? — Lúcio quase deu um pulo para trás. — Não, pode deixar, eu acho que daqui a umas horas a maré deve baixar, aí eu vou a pé, tranquilo.

Lúcio olhou em volta e percebeu que o Festival da Temperança seguia acontecendo. Um grupo de garotas trançavam os cabelos umas das outras, formando um círculo. Rolava uma oficina de filtro dos sonhos com palha de coqueiro. Uma voz sensata defendia o uso de tecido lavável para substituir papel higiênico. Seguiu Jimmy até a jangada. Preferia a morte. Remaram.

Jimmy não esperou nenhuma deixa para falar de Denise.

— Eu só fico puto que ela acha que tem o direito de dizer como é pra eu viver a minha vida.

— Aquela ali se a pessoa não fizer o que ela quer...

Lúcio deu corda. Jimmy estava revoltado.

— Como é que pode ela ter a capacidade de fazer o cara se sentir mal por causa de uma decisão que é só dele? Só porque eu comprei um barco?

— Mas ela falou alguma coisa do seu barco?

Lúcio tentou lembrar.

— Não, mas ela pensou, que eu vi no olhar dela.

— Ah, um olhar que ela faz que é assim?

Lúcio combinou uma meia vista de desdém com um muxoxo na boca.

— Exatamente esse — concordou Jimmy, efusivo.

— É julgando mesmo, esse.

Lúcio só parou de pensar se não dava tempo de voltar nadando quando seus braços já estavam cansados demais para continuar remando ou fazendo qualquer outra coisa que não fosse apenas pender dos ombros. Jimmy remou sozinho os últimos metros até enfim chegarem no barco, que de início Lúcio achou que era uma ilusão de quase-morte que ele estava vendo.

Quando enfim conseguiram subir, Jimmy explicou que o gringo que lhe vendeu o barco era obcecado por Chiclete com Banana, por isso a imagem de Bell Marques estava pintada ao longo de tantos lugares da embarcação.

Lúcio alternava entre ofegar, se recuperando do exercício intenso no mar, e processar a informação que Jimmy lhe passava de forma tão natural. Bastou o atual dono do barco ligar os motores para as pernas de Lúcio tremerem nas bases. O piloto tirou um *cupcake* colorido sabe-se lá de onde e o ofereceu.

— Come um desse que o medo passa.

A luz de um sol quase dormente pintava o mundo das cores mais bonitas. Denise tentava alcançar alguma manga que estivesse mais baixa, enquanto Bianca se permitia se abestalhar com o espetáculo colorido que tomava conta do céu. Não sabia se estava mais cansada da trilha, ou de fingir que seu lado de dentro não se mexia todo com a amiga por perto.

Denise sentou ao seu lado e lhe entregou a manga. Bianca, num movimento quase involuntário, levou a fruta ao nariz e inspirou profundamente. Adorava manga rosa. Denise riu.

— Oxe, o que foi? — perguntou Bianca.

— Queria gostar de alguma coisa tanto quanto você gosta de manga — brincou Denise.

Bianca rasgou um pedaço da casca da manga com os dentes e se deliciou com a polpa doce, com um leve toque azedo. Denise percebeu pela primeira vez o sol se pondo e rapidamente puxou o celular de dentro da bolsa, desbloqueando-o como quem engatilha uma pistola, com a câmera já apontada para a paisagem.

— Mas você gosta, tá vendo? — Bianca desgrudou a manga da boca para responder. — De internet.

Denise corou, desarmada. Seu impulso de frente a um momento bonito era sempre o de registrar para compartilhar. Assim o mundo poderia ver que ela era uma pessoa legal que gostava de coisas bacanas e lhe presentear com uma chuva de corações e comentários rasos. Assim, por um momento que fosse, não teria que se sentir tão sozinha. Bloqueou o celular e o guardou de volta.

— Que doideira. — Bianca sorriu, com a boca tingida pelo sumo da fruta. — Então quer dizer que você voltou pra terrinha...

— Acho que vai demorar um pouco pra eu entender que voltei mesmo. Quem sabe depois que o anjo azul tiver de pé de novo.

— O anjo azul... — Bianca divagou. — Acho que, de tudo que você falou lá embaixo, essa é a única parte que eu fico perdida. Por que alguém se debanda de São Paulo pra Natal pra reconstruir uma estátua gigante de concreto?

— Ah, por que tem que ter um motivo maior que a memória da cidade? — Denise ironizou.

— Denise, deixe de coisa... Eu te conheço. — Bianca olhou nos olhos distantes da amiga. — Por que você voltou?

Denise respirou fundo.

— Lembra que, antes mesmo de se falar, a gente pegava o mesmo ônibus? Naquela época eu ainda conhecia pouca coisa de Natal, mas eu sabia que a menina bonita subia logo depois que o ônibus parava em frente ao anjo azul — ela desabafou. — Era como se o anjo fosse um prenúncio pra sua chegada. Você entraria no ônibus. O mundo parecia fazer um pouco mais de sentido com a sua presença nele.

Bianca estava em silêncio.

— Eu descobri pelas mídias sociais que a estátua tinha sido esquartejada. Quando eu vi a foto no perfil de Wanda Banana, fiquei com a impressão de que tinha sido tirado um pedaço de mim. Um pedaço que por um tempo muito específico da minha vida queria dizer que as coisas podiam ser melhores do que eram. Que a moça bonita ia entrar no ônibus. Acho que eu sinto mais saudade desse pedaço que me falta que de todos os outros que eu deixei em São Paulo. Por isso eu voltei.

Incapacitada de continuar guardando para si o que sentia, Bianca trouxe Denise para um beijo com gosto de manga.

— Sabia que meu nome mesmo é James? — confessou Jimmy. — Ela que inventou esse negócio de Jimmy. Disse que era mais "sonoro". Pegou tanto que às vezes eu tenho a impressão de que nunca tive outro nome.

O ex de Denise armou uma cadeira de praia para ele e outra para Lúcio, que tentava não manter contato visual com as pinturas de Bell Marques que pareciam se mover.

— Engraçado que, quando a gente via daqui o que ela publicava na mídia social, parecia que você era outra pessoa — observou Lúcio.

— Porque eu era, né? — concordou Jimmy. — Querendo ou não, o Jimmy que ela mostrava era só um fiapo meu que fosse confortável o suficiente pra caber na agenda de conteúdo dela.

— Sabe que ela falou ontem pra uma ex-colega de trabalho minha que eu ia lançar um livro? — disse Lúcio, indignado.

— Mas era segredo? — Jimmy não entendeu. — Ela não podia saber?

— Não! É só que... — Lúcio parou um pouco antes de completar a frase: — Não tem livro nenhum. Eu até escrevia e desenhava algumas coisas antes, mas o trabalho foi tomando conta de tudo, e acabou que o sonho ficou pelo caminho.

— É isso que ela faz, né. — Jimmy tinha acabado de conjurar outro baseado do nada. — Ela inventa umas mentiras bonitas que são quase a gente. Que a gente consegue até se imaginar vivendo essas mentiras, mas que no fim das contas elas acabam doendo muito mais do que se a gente nunca tivesse ouvido que elas eram possíveis.

Era exatamente aquilo, Lúcio pensou. Exatamente o que Denise fazia. Só faltava que alguém colocasse o sentimento em palavras para ele reconhecer. Sentiu-se tão à vontade com o capitão que conduzia o barco por aquele mar refletindo o poente que confessou o que nunca tinha confessado a ninguém:

— Antes de Denise ir pra São Paulo, tinha esse menino por quem eu era apaixonado. Hoje ele tá estudando pra ser padre, mas na época a gente conversava todo dia. Eu não entendia muito bem o que estava acontecendo. Acho que a mistura da minha falta de traquejo social com a constante disponibilidade on-line dele era a receita pro desastre. Tudo que eu colocava na internet era pensando em como ele veria. Todo trechinho de música que servia de legenda pras fotos, tudo. Era tudo sobre ele.

Lúcio negou o beck que Jimmy lhe ofereceu e seguiu o relato:

— Nem pra Bianca eu contei. Denise era a única pessoa que sabia. Viu uma mensagem no meu celular e entendeu tudo. E já foi criando trezentos milhões de planos perfeitos pra nos juntar, enquanto eu balanceava minhas doses cavalares de desespero com pitadas de esperança. Não queria Denise metida naquilo, mas não sabia de uma vez que ela não tivesse conseguido o que queria...

— E aí? Deu em quê?

Os olhos de Jimmy estavam atentos, como se esperassem o desfecho da história.

— Basta você saber que a última vez que eu vi a cara de Denise, antes de ela desaparecer de Natal, ela tava ficando com ele — Lúcio concluiu.

A noite já tinha caído quando Denise e Bianca deixaram aquele mirante de quase sonhos. Caminhavam em silêncio em busca da pousada e acharam por bem que suas mãos andassem juntas. Dividiam um meio sorriso com gosto de manga, pôr do sol e um milhão de memórias.

Bianca já não se culpava pelo que sentia pela amiga, cujas chinelas se arrastavam ao lado das suas. Percebeu que esse tempo todo tinha guardado dentro de si algo meio adormecido, meio prestes a acontecer. A lembrança brilhante de um amor perdido que nunca foi, mas que ficou acumulando poeira no fundo do armário, sobrevivendo a arrumação após arrumação. Gostava daquele sentimento. Gostava de ter guardado aquilo mesmo sem saber pra quê. Finalmente sabia.

Na boca de Denise, o gosto do beijo de Bianca tinha ares agridoces. *Eu deveria estar mais satisfeita*, pensou. Deveria sentir que tinha fechado um ciclo. Que tinha conseguido algo que desejava. Que podia começar de novo, do zero, ou melhor: exatamente de onde parara. Achou que teria essa sensação. Pensou que seria ótimo se tudo não tivesse sido exatamente como fora, assim nada teria de ser do jeito que estava no momento. Suspirou.

Ao virar a esquina para a rua da pousada, se depararam com um carro antigo e recém-polido, com vidro fumê. O veículo estacionado estava funcionando e com os faróis claríssimos acesos. Denise se sentiu perturbada com aquela presença, que não parecia despertar o mesmo interesse em Bianca. Quando passaram em sua frente, para chegar do outro lado da rua, Denise parou, de súbito, desnorteada, os faróis eram como holofotes lhe iluminando por inteiro. O barulho combustivo do motor era tudo que ouvia. Tentou enxergar alguém na direção, mas o interior do carro estava tomado por uma densa fumaça que não deixava ver quem estava ali. Apertou os olhos encandeados pela luz. Bianca perguntou se ela não a estava escutando.

Denise voltou a si.

10

“TEM COMO TÁ MAL NA PIPA?”

SEUSONHOCOMIGO

O CÉU ESTAVA TÃO BONITO DE SE OLHAR QUE DEMOROU algumas horas pra Lúcio e Jimmy perceberem que o barco não estava saindo do lugar. Ou eles até perceberam, mas era bom estar por ali, gastando repertório de fofoca sobre a inimiga pública número um. Depois de algum tempo, os retratos rústicos do cantor baiano foram ficando até amigáveis a Lúcio, que inclusive se aventurava pela discografia do Chiclete com Banana.

— É uma experiência! — disse a Jimmy, enfático.

Mas reforçava a versão de que o bolo presenteado pelo ex da amiga não tinha dado em nada. Quando enfim chegaram à marina, já era noite alta. O celular de Lúcio vibrou. Denise. A mensagem, mais que sucinta, consistia num pin de localização e a palavra "SURPRESA" em caixa-alta seguida de uma combinação de emojis da qual Lúcio não conseguia depreender sentido.

Era certo que, se Wanda Banana estivesse em Pipa, o caminho dela ia se cruzar com o de Denise. Era mais certo ainda que, se Wanda Banana estivesse organizando a inauguração de uma boate a céu aberto com vista pro mar, Denise imediatamente seria convidada para atacar de DJ.

A boate, meio bar meio pousada, parecia ter sido levantada às margens do mar Mediterrâneo. Construções brancas com janelas de madeira se espaçavam no chão de pedra entre palmeiras e coqueiros, dando ao lugar uma sensação de vila, com redes e futons em pontos estratégicos para quem quisesse curtir um momento mais tranquilo. A decoração ficava por conta de tecidos claros flutuantes e contornos neon. Havia gente dançando, sorrindo, bebendo e se curtindo por todo lugar.

Lúcio viu a cara de Wanda Banana e entendeu logo o que estava acontecendo. Ninguém precisaria lhe explicar. Então era aquela a grande surpresa? Queria talvez um momento daquela viagem em que soubesse aonde estava indo, se não fosse pedir demais, mas estava mais relaxado que o normal e não conseguiu preparar uma reação adversa.

Com uma caipirinha na mão, Bianca sinalizou para que o amigo chegasse perto. Denise e Wanda Banana se registravam numa velocidade de 140 cliques por minuto. Lúcio não teve como conter um sorriso ao observar aquele encontro, até porque Wanda Banana por si só era um acontecimento: vestia um casaco inflável rosa-choque por cima de um macacão de veludo preto, sua tradicional peruca chanel platinada com orelhas de gato e óculos escuríssimos, apesar da hora. Bianca entregou a bebida na mão de Lúcio, enquanto Denise e Wanda Banana seguiam em transe midiático.

— Eu tô indo lá na pousada de novo, que Denise esqueceu o pen drive dela, aí tá sem ter como tocar — ela explicou.

— Você tava sabendo que ia rolar esse babado? — Lúcio perguntou.

Bianca deu de ombros. Tinha desistido de tentar acompanhar. Sua cabeça havia ficado debaixo da mangueira no pôr do sol da Praia do Amor. Queria conseguir processar alguma coisa do acontecido entre ela e Denise, mas naquele momento só sentia uma euforia plena que lhe carregava de um momento para o outro. Foi só quando

Bianca se despediu e virou as costas que Wanda Banana e Denise perceberam a chegada de Lúcio.

— Lululux! — disse Wanda Banana, meio para ele, meio para o celular, que seguia apontado, com o flash ligado. — Hoje é a noite das estrelas! Olhe, eu já tô doida pra ver esse seu livro que tá todo mundo comentando! É sobre o quê?

Lúcio olhou de rabo de olho para Denise, que respondeu com um sorriso elétrico. Era muito cansativo não jogar o jogo da amiga. Pensou que não faria muita diferença o que dissesse e, por isso, falou a primeira coisa que lhe veio à cabeça.

— É a história de uma menina que se perdeu na internet — disse, tranquilo, e a frase ficou ressoando dentro da sua cabeça.

Pareceu que as palavras circularam também na cabeça de Denise, cujo olhar fugiu de Lúcio, como que mudando o assunto.

— E como é que você tá, Wandes? — Denise perguntou.

— No velho corre de sempre, né, gata? Trampando feito uma doida, virando noite na rua. Esperando alguma coisa acontecer... Mas é difícil alguma coisa acontecer por aqui. Só dá bom pra turista. A gente fica porque é teimosa, mas que dá vontade de fazer igual a tu fez e jogar tudo pra cima, dá.

O comentário de Wanda Banana foi como uma rasteira em Denise. Carimbava como certo o que imaginava que os outros pensavam dela. Que havia fugido. Ou melhor: que tinha sido fácil fugir. Será que merecia o julgamento?

— É, mas agora ela tá de volta — disse Lúcio, firme —, não é, amiga?

Ele buscou o olhar de Denise como quem procurava levantar alguém caído do chão. Não gostava de vê-la daquele jeito. Preferia a ficção e a fantasia que lhe davam ares de personagem de história em quadrinho. Denise ergueu os olhos para ele com um meio sorriso. Como se finalmente tivesse encontrado o amigo de tanto tempo, aquele com quem aprendera a ser boa parte da pessoa que gostava de ser. Quando estava para endossar a fala de Lúcio, foi interrompida por um grito animado de Wanda Banana.

— Menina, isso é Bento? — Ela tirou os óculos escuros para ver se não estava enxergando coisa. — Não acredito.

A pressão de Lúcio caiu na hora. Denise e Wanda Banana acenavam frenéticas para o seminarista à paisana. O que Bento estava fazendo ali, tão bonito e brega com aquela camisa florida? Por que ele achava que seria uma boa ideia? Se vendo encurralado, Lúcio não viu alternativa a não ser fugir.

— Lux?

Denise tentou alcançar seu braço.

— É minha música! — mentiu Lúcio. — Quero dançar!

Correu de Bento como o diabo da cruz e se enfiou bravamente no meio da multidão que levava até o DJ. Quanto mais chegava perto da caixa de som, menos se escutava noiando dentro da própria cabeça. A música sempre parecia maior que seus problemas. Gostava daquilo. Queria se envolver em música. Queria que ele e a música se tornassem uma coisa só, até que não existissem mais todos os sentimentos daquele momento. Sentiu a batida da música fazendo tremer a superfície da pele e convidando a dançar. Rendeu-se.

Dançou porque não aguentava mais qualquer coisa que não fosse dançar. Dançou sua demissão-surpresa, sua incapacidade de voltar a trabalhar, sua vontade de desaparecer. Dançou porque não queria mais saber de Denise, Bento, nem Bianca. Queria uma vida que não fosse a dos outros. Mas também não queria sua vida, que estava meio difícil ultimamente. Então ficou nesse meio-termo de dançar para não ter que existir.

Mas Bento o alcançou.

Sorrindo, Bento abraçou Lúcio. O som estava alto demais para conseguirem conversar, mas o coração de Lúcio batia tão forte daquele abraço que ele ficou apreensivo de se fazer escutar. Ele se desvencilhou dos braços do seminarista, que ensaiou falar algo, mas foi impedido pela barreira musical.

Sentindo-se seguro pela interferência sonora, Lúcio voltou a dançar. Bento o acompanhou como pôde e como seu repertório de movimentos permitia, mas estava enferrujado. Lúcio tentava não olhar para a cara do amigo, para não entregar todo seu abestalhamento, mas era muito difícil não olhar para um rosto bonito daqueles.

— O que foi? — Bento perguntou, mexendo os lábios, sem som.

— Nada — Lúcio respondeu, avermelhado, e não conseguiu controlar o sorriso, meio risada, meio "meu Deus, o que é que eu tô fazendo?".

Bento entrou na brincadeira e começou a pegar no amigo, sorrindo, perguntando o que foi, o que ele não queria dizer. Lúcio sentia uma escola de samba desfilando dentro do peito e só queria que aquele momento não acabasse nunca mais. Os dois gargalhavam de muito perto, enquanto o mundo à sua volta se acabava em música, suor e dança. Bento travou os olhos nos do amigo, que engoliu em seco.

Bianca não demorou a encontrar o pen drive de Denise. Estava em cima da mesa. Não entendia como Denise não tinha visto. Ou até entendia, visto que ela própria parecia igualmente confusa com tudo na última sequência de dias. Era como se estivesse vivendo a mesma noite desde a noite em que correu com Denise naquele campo de futebol mal iluminado. Estar com a amiga era desse jeito: uma festa que não acabava nunca.

Caminhou pelas ruas de Pipa tentando entender se ainda podia chamar Denise de amiga. Quando é que a pessoa deixa de ser amiga e se torna outra coisa? E por que deixa de ser amiga? Não pode ser amiga e querer ficar com a pessoa? Era como se todas as questões suprimidas lutassem para chegar na superfície dos pensamentos de Bianca.

Pensou que queria talvez não pensar em tudo naquele momento. Pensou que talvez não fosse ainda a hora de pensar. Respirou fundo enquanto enfiava os pensamentos todos numa panela de pressão para conferir futuramente. Virou a esquina e tentou pensar em como era bom estar ali com Denise. Em como era bom sua amiga ter vindo de São Paulo direto para lhe salvar. Mas lhe salvar de quê?

Bianca achou muito bonita a igrejinha de Pipa. Capela de São Sebastião. O santo comido de flecha. A igreja quase à beira-mar parecia brotar do chão, pois não ficava encaixada em nenhum quarteirão. A rua estava completamente vazia. Bianca estranhou a porta do templo estar aberta àquela hora da noite. Por crença ou costume, se benzeu. Uma luz azul então acendeu no centro da capela, crescendo e irradiando para fora, até se projetar por cima de Bianca.

Lúcio escapou mais uma vez dos braços que lhe acolhiam e seguiu para longe do som sem falar uma palavra. Bento o seguiu até a varanda com vista pro mar. Lúcio estava escorado, esperando que a brisa noturna refrigerasse o calor que sentia de dentro para fora.

Bento se aproximou com cuidado e trouxe o rosto de Lúcio para perto, beijando-o. Lúcio derreteu-se dentro daquele tão sonhado e adiado beijo, como quem saboreia um sonho. Se deixou tocar por aquele corpo. Se permitiu desejar e ser desejado. Era muito bom. Podia ser muito bom. Se nada tivesse sido exatamente como foi.

— O que é que você tá fazendo aqui? — perguntou Lúcio, recuando, arisco.

— Eu vim atrás de você — respondeu ele. — Sinto saudade das nossas conversas.

— Pois eu acho que a gente já conversou tudo que tinha pra conversar. — Lúcio nunca tinha sentido tanta coragem. — Eu sei como é essa história, Bentinho. Eu sei quem se fode no fim. E eu não tô em condições pra ficar lhe dando o suporte emocional que você precisa, pra depois de uma hora pra outra você fingir que eu não existo mais.

— Não foi isso que aconteceu... E também já faz muito tempo! Naquela época a minha cabeça tava uma confusão.

— E aí você acha que agora tá melhor? — continuou Lúcio, enquanto seu rosto se tingia de vermelho. — Estudando pra ser padre e jogando conversa mole pra cima de mim? Você faz isso porque tem uma saída fácil. Porque no dia que abusar da minha cara, ainda pode ir atrás de Deus, ou de Denise, como você já fez, lembra? E eu? O que é que fica pra mim? Não tem um caminho bom pra mim nessa história.

Lúcio juntou as mãos perto do rosto na tentativa de engolir o choro que já lhe fazia transbordar. Bento quis confortá-lo, mas levou uma rabissaca do amigo.

— Desculpa, Lúcio… Eu não imaginei que… — Bento parecia confuso. — Eu pensei que era isso que você queria.

— Então eu tô nesse caminho de reinvenção que eu entendo que passa pela reconstrução da estátua do anjo azul, sabe? — Denise estava falando quando Lúcio chegou sem Bento, com um quente e dois fervendo.

— Ai, amiga, muito chique que você voltou pra cá — disse Wanda Banana. — Tem uma galera que tá nesse movimento retirante ao contrário agora, né? Uma coisa meio "de volta para minha terra", que nem o programa do Gugu. Mas como assim, reconstruir o anjo azul? É uma metáfora? A maioria dos pedaços já foi demolida.

Denise custou a entender.

— Como assim, demolida?

— Denise, você tem um minutinho? — Lúcio juntava toda a pouca calma que ainda tinha dentro de si para não explodir com ela. — Pode ir comigo lá fora?

— Pera que Wanda Banana tá falando aqui um negócio importante — ela respondeu.

— Amiga — Lúcio olhou dentro dos olhos de Denise —, vamos comigo lá fora?

Wanda Banana sentiu o drama.

— Pode ir lá, amiga, depois eu te explico melhor. Mas é isso mesmo que eu disse. Um dos poucos pedaços que ainda têm é aquela cabeça em Ponta Negra.

Lúcio puxou Denise pelo braço em direção à saída.

— Calma, amigo! — Denise reagiu ao puxão. — Parece até que não gostou da surpresa!

11

BOCA DE LOBO

SEUSONHOCOMIGO

A LUZ AZUL QUE PARTIA DE DENTRO DA IGREJA ERA TÃO brilhante que fazia parecer que o resto do mundo inteiro estava envolto em breu. Bianca parou de pensar. De frente para a capela de um santo atravessado por flechas, seu corpo se permitiu ser a tela daquela projeção. O feixe de luz a convidava a se aproximar. E assim ela fez. Sem que seus olhos parassem para piscar. Um pé após o outro.

Lúcio não acreditava. Ele não acreditava no que estava acontecendo. Tentava não segurar o braço de Denise com muita força enquanto a conduzia incisivamente para fora da boate semimediterrânea.

— Você entende que ele ter vindo até aqui significa muita coisa, né?

Denise se achou muito razoável dizendo aquilo. Lúcio estava puto.

— Ah, e foi ele que decidiu sozinho que vinha pra cá?

— Pode ser que ele tenha tido a ajuda de uma mão amiga — respondeu Denise, com um meio sorriso.

— Mão amiga? — Lúcio largou o braço de Denise quando enfim chegaram à rua. — Sabe qual é o seu problema, Denise? O seu problema é que você é uma pessoa ruim. Aí não importa o que você faça achando que tá fazendo o bem aos outros, porque, como vem de um lugar de ruindade, só dá no que não presta.

— Lux, o menino tá aí! — Denise estava pasma. — Eu posso ter chamado ele, tudo bem, mas, se ele não quisesse te ver, era só não ter vindo.

— Eu quero entender por que você achou que era uma boa ideia tirar o padreco do seminário e trazer ele pro diabo dessa praia de gente doida.

— Porque você ainda gosta dele! — respondeu Denise, em revolta.

— Isso não quer dizer nada! — Lúcio subiu o tom. — Se eu gosto ou deixo de gostar de alguém isso é problema meu. Você não tinha nada que ter se metido nessa história de novo. Não depois de... — Lúcio vacilou em terminar a frase.

— Fale — Denise o encorajou.

— Eu sei por que você fez isso. — Lúcio respirou fundo. — Porque, em algum lugar da sua cabeça, você acha que tem uma dívida comigo.

Denise desviou o olhar.

— Porque eu fiquei com Bento naquele tempo?

— Não! — Lúcio puxou o olhar da amiga de volta. — Porque você foi embora, Denise. Porque você não teve coragem de encarar a gente e dizer que ia embora. Porque você não achou que devia responder a *uma* mensagem. Porque você acreditou que, se passasse tempo o suficiente, aquela Denise que fez e aconteceu em Natal ia desaparecer magicamente da nossa cabeça. — Suspirou. — Porque você não considerou que alguém aqui pudesse sentir saudade sua.

Denise não conseguiu responder ao amigo de pronto. Lúcio procurou em volta alguém que lhe arranjasse um cigarro, pelo amor de Deus. Tragou como se pudesse extrair tranquilidade, paz e paciência daquela dose de nicotina. Nunca achou que conseguiria dizer aquelas coisas na cara da amiga. Seu coração batia em solavancos. Olhou de volta para uma Denise desnorteada, que finalmente conseguiu se expressar.

— Quando você fala desse jeito, parece que eu sou a pior pessoa do mundo.

Lúcio arregalou os olhos e jogou a cabeça para trás em gargalhada silenciosa, como quem queria dizer que a amiga descobrira o Brasil. Deu mais um trago no cigarro, virou as costas e seguiu caminho.

— Lúcio? — perguntou Denise, desorientada. — Tá indo pra onde?

— Vou pegar minhas coisas na pousada e voltar pra Natal.

Denise o seguiu.

Quanto mais Bianca avançava para a entrada da igreja, mais intensa e azul ia ficando aquela luz. Caminhava em transe, meio acordada e meio dormindo, mas de olhos bem abertos. Era como se não houvesse nada que não fosse a luz, que partia de todos os lugares, banhando o interior do templo de um azul latente. Quando se viu com os dois pés dentro da capela, percebeu que algo estava para se desenrolar.

Flores fantasmagóricas começaram a brotar e serpentear pelos bancos, paredes e santos azulados. A igreja se vestia para recebê-la. Os galhos e folhas translúcidos e etéreos que iam surgindo e crescendo e se enroscando em tudo ressoavam um farfalhar distante. Bianca deu mais um passo.

Como em marca-d'água, os bancos de madeira foram se ocupando de aparições sem rosto vestidas em traje fino. A cada passo, mais detalhes se revelavam, descortinando a fantasmagoria do momento. Se viu com medo do que lhe cercava. Ainda assim, seguiu.

O farfalhar das plantas era tão forte que se ouvia como um chiado de disco de vinil. As imagens etéreas que se acumulavam como transparências no interior azulado da igreja se mexiam junto ao som. Todos os não rostos se voltaram para Bianca.

Enquanto caminhava os últimos passos que a separavam do altar, um formigar incandescente envolveu seus pés em sapatos de salto alto. Babados, tules e sedas flutuantes foram surgindo do ar e alcançando seu corpo. Um gigante vestido se costurava em sua silhueta conforme Bianca seguia em frente.

Os sinos tocaram. Estava tudo pronto. Os convidados sem rosto lhe olhavam com ares de tela azul. Na sua mão, um buquê de flores, nem vivas, nem mortas, adornava a pintura de uma noiva-fantasma. Estava tudo exatamente como ela lembrava.

Bianca, então, esperou.

Denise precisou apertar o passo para alcançar Lúcio, que abria caminho com sangue nos olhos em meio à multidão noturna da praia da Pipa.

— Lúcio, espera! — Denise pediu.

— Mas é bom pra minha cara, pra eu aprender, porque, por algum motivo, quando você voltou, eu pensei que você poderia ter mudado, crescido. — Lúcio tragava o cigarro com raiva. — Que você, por algum milagre do destino, tivesse virado outra pessoa. Meu Deus, como eu sou besta!

— Amigo, mas você também tem que ver o meu lado.

— Que lado, Denise? — esbravejou Lúcio. — Tudo que eu vejo é o seu lado, o tempo todo. Você mentindo, inventando coisa na internet, tratando a gente como peão de xadrez. É tudo o seu lado. "Ah, porque foi muito difícil pra mim ir embora", e como você acha que foi pra quem ficou?

Denise se consumia em remorso.

— Eu sei que o que eu fiz não foi certo. Eu não queria que tivesse sido do jeito que foi.

— Ninguém queria. Mas foi. E não dá pra apagar as merdas que a gente fez — disse ele, enquanto amassava a bituca do cigarro na ponta do pé —, nem que você sonhe bastante.

Será que, daquela vez, alguém viria? Ela pensou, e não teve escolha a não ser cobrir-se de esperanças dentro da igreja azul. Sentiu de novo toda a euforia do momento, o frisson na pele, os dedos estalando. A ideia cristalina que a qualquer momento realizaria um sonho. A qualquer momento alguém entraria por aquela porta. A qualquer momento surgiria na sua frente a pessoa que lhe faria completa. A qualquer momento. Os sinos tocavam cada vez mais alto. Sentiu pequenos choques de excitação percorrendo o corpo. A qualquer momento seria feliz.

Por enquanto, continuaria esperando. Por favor, não precisa ter pena dela! Alguém logo deveria chegar. Deu voltas e voltas com seus sapatos-fantasma no chão de cimento da igreja até quase fazer um buraco. Contou as telhas no teto, os azulejos nas paredes e as pregas do vestido. Não tem por que ter pena! Daqui a pouco ela vai ser feliz para sempre! Tentava manter a pena do lado de fora da igreja. Não gostava de ser alvo de pena nenhuma. Mas toda a excitação e a euforia já tinham cozinhado o suficiente para tornarem-se aflição e desespero.

Ninguém entrou pela porta. Ninguém entraria.

Bianca esperou por um milhão de anos. Esperou até que todas as flores-fantasma nos bancos, santos e paredes secassem e virassem poeira. Esperou até que os convidados sem rosto virassem esqueletos dentro das roupas sociais. Esperou até que o tecido do vestido se desfizesse em memória e lágrimas. Esperou até que toda a luz azul da igreja se dissolvesse para se tornar uma coisa só com ela.

E depois esperou um pouco mais.

Quando Lúcio e Denise viraram a esquina da rua que dava para a igreja, encontraram Bianca sentada, encolhida, nos degraus de entrada do templo. Chorava copiosamente com a cabeça entre os joelhos. Apressaram o passo.

— Amiga, o que aconteceu? — perguntou Lúcio, enquanto se ajoelhava de frente para Bianca.

— O casamento — ela soluçava. — Não aconteceu. Eu achava que eu tava bem, na medida do possível. Vocês sabem. Eu só vim pra cá porque eu achei que tava bem. Que eu era forte. Que eu era suficiente. Que eu ia sair dessa. Que eu não podia me render. — Suspirou, balançando a cabeça. — Coitada.

Denise se sentou ao seu lado.

— Amiga, mas você vai ficar bem — reforçou Denise. — Reconhecer é o primeiro passo. Você já tá ficando bem.

— Será que eu tô mesmo, amiga? — Bianca enxugava as lágrimas só para abrir mais espaço para as próximas. — Será que eu não tô só fugindo? Brincando de me apaixonar de novo por você?

Lúcio olhou para Denise como quem finalmente encontrava a peça que faltava para fechar o quebra-cabeça.

— Ele foi embora — Bianca continuou, enquanto o rosto seguia encharcado. — Do mesmo jeito que você foi embora. Do mesmo jeito que todo mundo vai embora.

Denise engoliu em seco.

— Por que você foi embora? — Bianca arrematou.

Estava encurralada. Não teria mais como fugir daquela pergunta. Lúcio e Bianca aguardavam a resposta em silêncio enquanto a encaravam. Denise procurava palavras.

— Eu tava cansada de quem eu era — Denise confessou. — Passei muito tempo achando que era por causa de Natal. Que precisava de uma cidade que fosse do tamanho dos meus sonhos... Mas, quando cheguei em São Paulo, eu ainda tava lá comigo, e eu ainda era eu. Mesmo que tentasse ser um milhão de outras pessoas, eu ainda era eu. E eu continuava cansada.

Lúcio e Bianca processavam a resposta da amiga. Lúcio se levantou.

— Amiga — disse a Bianca —, eu tô indo pra Natal agora. Você quer ir comigo? Eu te deixo em casa.

— Vamos — Bianca respondeu, num suspiro, enquanto se apoiava para se levantar. — Eu não tenho mais nada pra ver aqui.

— Vamos. Acho que tá na hora mesmo da gente voltar — Denise corroborou.

— Não, amiga — Bianca disse, tocando o braço de Denise com leveza. — Acho melhor você ficar pra ir depois.

12

RÁDIO MEMÓRIA

SEUSONHOCOMIGO

Denise caminhou e caminhou e caminhou para dentro de uma noite sem fim. Tinha perdido tudo. Era a pessoa mais triste do mundo. Não entendia como havia chegado àquele ponto. Achou que daquela vez daria certo. Achou que o plano fazia sentido. Achou que nunca mais ia se sentir sozinha. Que, se reparasse o que havia quebrado, poderia de alguma forma se perdoar. E achou mais muitas outras coisas enquanto caminhava a esmo pela cidade colorida.

A noite lhe abraçou enquanto ela saboreava a fina tristeza do fracasso. Era como se nunca soubesse colocar os esforços no ponto certo. Estava fadada a repetir a mesma palhaçada de sempre, porque não fazia ideia de como interagir com pessoas.

Lembrou-se do imponente anjo azul que habitava seus delírios de grandeza e já havia virado entulho. Algumas coisas não podiam ser reconstruídas. Sentiu as lágrimas rolando pelo rosto e seguiu na caminhada noite adentro.

Virou a esquina para uma rua que só não estava mais vazia, porque por ali uma alta figura, de cujo enorme chapéu brotava uma espessa cabeleira vermelha, fumava seu cigarro encostada num carro que Denise não poderia esquecer. Ali estava ela de novo. E de novo.

Ao perceber que Denise se aproximava, abriu-lhe um breve sorriso e a porta do passageiro do Opala Diplomata de cor imprecisa e brilho impecável. Vestia um terno de corte italiano, sapatos de bico comprido e carregava consigo um olhar profundo e pesado que Denise recebeu como um abraço.

Ela conduziu Denise para dentro do carro, fechou a porta com cuidado e caminhou para o lado do motorista. Ligou o toca-discos, abrindo espaço para um chiado estático. Denise se lembrou do pen drive entregue por Bianca e tentou pegá-lo no bolso, mas encontrou apenas um CD sem rótulo numa caixa de plástico transparente. Na superfície do disco brilhavam as palavras "Rádio Memória" gravadas em caneta permanente vermelha.

A figura recebeu o disco das mãos de Denise, retirou-o com cuidado do invólucro de acrílico e o inseriu na abertura do toca-discos. Mal as caixas de som do carro tocaram as primeiras notas, ela fez um rápido movimento de mãos junto à partida e o motor deu sinal de vida. Engatou então a primeira marcha e soltou o pé da embreagem, colocando o carro em movimento. Denise alcançou um cartão vermelho em cima do painel onde leu: *Madame Xanadu — Chofer dos sonhos.*

O calçamento fazia o antigo carro pular, mas Madame conhecia um caminho melhor e virou para a rua que ia dar na praia. Denise tinha dispensado todos os alertas de perigo que lhe vinham. Amava escutar música no carro, ainda mais de madrugada. Embora não conseguisse traçar a origem do CD, parecia ter sido feito sob medida para ela.

Chegaram na rua que fazia encosta com o mar e a motorista passou tranquila por cima do calçadão, chegando na areia. Denise teria alertado que não ia dar certo aquele carro na beira do mar, caso seus olhos já não estivessem quase fechando enquanto a melodia que vinha das caixas de som tomava conta dela. Tinha alguma coisa na voz de Marina Lima que lhe deixava profundamente tranquila.

Eu espero acontecimentos
Só que quando anoitece
É festa no outro apartamento

Madame então pegou impulso e acelerou em direção a uma duna que se aproximava. Denise gostava muito daquela música, onde era mesmo que elas estavam? Anos passavam em sua cabeça como cartas antigas de um baralho. O carro parecia indiferente às intempéries do terreno, acelerando progressivamente enquanto subia as dunas com a facilidade de um 4x4, jogando areia para todos os lados.

Denise sentiu o cheiro do momento que ouvia à sua volta e conseguiu pegá-lo no ar. Era antes de ela ir embora. Antes de tudo desandar. Quando Lúcio ainda desenhava, Bianca ainda a amava e Denise ainda sonhava em ser alguém. Madame Xanadu acelerou uma última vez e o Opala Diplomata de cor indistinguível levantou voo na noite lilás.

O carro subiu e subiu, leve como pipa, galgando altura uma lufada de vento por vez. Os ecos da memória de Denise começaram então a se entrançar ao som da música, cada pequena lembrança ganhando espaço na partitura viva que movia o veículo. A misteriosa chofer de cigarros inapagáveis acionou o fechamento de vidros para que Denise se ouvisse melhor.

A única condição era que não poderia falar pra ninguém. Que eles tinham gostado muito do vídeo que ela mandara e que tinha tudo a ver com o que eles estavam procurando, mas, como se tratava de um projeto secreto, não poderia sair por aí divulgando. Não era nada de mais, mas ainda assim eles acharam por bem que ela assinasse uns documentos.

Denise assinou sem nem pensar. Não havia o que pensar. O produtor do programa tinha se encantado com a voz meio cantada da garota potiguar e a emissora modernosa precisava urgentemente diversificar sua sonoridade de eixo sudeste. Denise seria essa voz. Ficava feliz sempre que se lembrava disso. Forçaria o sotaque quantas vezes fosse preciso. Só não poderia contar a ninguém enquanto não desse certo.

Madame Xanadu precisou atar o cinto de Denise para conter sua inevitável flutuação. A passageira seguia em estado de transe, com as pupilas dos olhos tremendo tresloucadas por debaixo das pálpebras. Uma corrente intensa de vento envolvia o carro, como se o propulsionasse em uma autopista onde a lua e as estrelas estavam cada vez mais próximas.

A TV comprou sua passagem para aquela semana mesmo e ela sentiu um borbulhar de felicidade que lhe tomou o corpo todo. Finalmente estaria entre as pessoas legais, bacanas e interessantes que viviam vidas tão melhores que a dela. Que eram infinitamente mais descoladas que ela. Estaria lá e finalmente poderia viver sua vida de verdade, já que tudo que participara da vida até o momento só parecia um grande ensaio para o que seria a coisa real. O seu sonho.

Mesmo que quisesse, não havia ninguém para quem contar. Depois do que acontecera entre ela e Bento, Lúcio provavelmente não queria ver sua cara nem pintada de ouro, e nem Denise conseguia olhar direito nos olhos de Bianca. Não sabia por que tinha ficado com Bento. Ou pior, sabia. Ficara com Bento porque queria sentir alguma coisa que lhe tirasse do tédio de viver um dia após o outro. Algo que lhe livrasse do pedestal imposto por Lúcio e a afastasse do sentimento tranquilo que a ancorava ao lado de Bianca. Fizera o que fizera pois estava cansada de esperar que algo finalmente lhe acontecesse. Porque não suportava a ideia de ser uma pessoa desinteressante vivendo uma vida escassa de acontecimentos. Porque o caos lhe caía bem.

Nuvens se agigantavam em volta do carro como monumentos etéreos e efêmeros, muito embora nenhuma delas parecesse tão densa e mística quanto a fumaça periódica que Madame Xanadu soprava. O Opala se deslocava mais devagar, a fim de evitar turbulências. Na superfície turva e fumegante do enevoado colossal, as memórias de Denise começaram a se projetar, intensas, vívidas, repetidas e constantes, como se o carro que a conduzia irradiasse lembranças por todos os lados.

Sozinha, sentada na mala no aeroporto de Natal, se sentia a pessoa mais triste do mundo, mas não conhecia o conceito de arrependimento. Se consolou pensando que, quando contasse a seus amigos sobre o programa, seria como colocar uma pá de terra no que acontecera. Eles ficariam tão orgulhosos dela que nem se importariam mais com qualquer coisa que Denise tivesse feito antes. E foi se enchendo de uma esperança latente que reverberou com ela enquanto sonhava no avião com multidões lhe assistindo e aplaudindo por todos os cantos em que sua imagem era vista e sua voz, ouvida. Sorriu na certeza tranquila de que nunca mais ficaria sozinha. Todo mundo queria estar perto das estrelas.

Hipnotizada pela imagem de Denise se repetindo como um cinema nas nuvens, Madame Xanadu deixou seu posto de chofer e escapou com cuidado pela janela para sentar-se no teto do carro, que seguia em piloto automático. Acendeu mais um cigarro. Assistiu a Denise se multiplicando em tecnicolor à sua frente enquanto chegava em São Paulo e se deleitava no deslumbramento das primeiras semanas.

Sua vida de princesa com cafés da manhã de hotel, ensaios fotográficos e testes de iluminação. Roupas escolhidas, cabelo e maquiagem sempre lhe mostrando no espelho uma versão sua mais brilhante, de quem parecia gostar mais. No celular, um turbilhão de notificações a lembrava do mundo que deixara pra trás.

Decidiu que era de bom tom comprar um novo chip para uma nova Denise. Suprimiu de caixas de entrada os contatos que faziam seu coração se sentir apertado. Na hora certa eles iam saber e tudo faria sentido. Mas o pessoal da emissora pediu a ela que esperasse mais uma semaninha. E depois mudou Denise para um hotel mais simplinho. E depois chamou Denise para conversar.

Madame Xanadu, a chofer dos sonhos, testemunhou as nuvens se acinzentando enquanto projeções mostravam Denise descobrindo por videochamada que o projeto havia sido cancelado. As imagens eram recortadas por relâmpagos. Eles pagariam a passagem para Denise voltar para casa. O telão de nuvens escureceu ainda mais. Não tinha para onde voltar. Perguntou se não poderia receber o valor em dinheiro e fechou o laptop para se permitir enfim mostrar alguma emoção verdadeira. O carro estremeceu com os trovões. O pranto que percorria o rosto inteiro de Denise se dissolveu entre nuvens que se amassavam e desamassavam virando tempestade. Ela tinha de novo a certeza de que era a pessoa mais triste do mundo.

Antes que o veículo ensaiasse mais uma volta completa em seu eixo horizontal, Madame Xanadu conseguiu escorregar para o banco de motorista. Estava completamente ensopada, à exceção do cigarro que seguia conjurando uma fumaça quase sólida pelo ar. A chuva estava tão forte que nem o para-brisa deu conta. Era impossível ver algo atrás da janela que não fosse aquele choro-chuva inconsolável que se ouvia por todo lugar.

Ninguém poderia saber. Ninguém poderia nunca saber. Da dor que ela estava sentindo naquele momento. Da humilhação que percorria todas as extremidades do seu corpo. Da vergonha que tinha de ter acreditado que as coisas finalmente poderiam seguir a seu favor. Ninguém poderia descobrir. Se preciso fosse, não voltaria nunca mais.

Sofreu aquela dor sozinha sem dividir com ninguém. Não havia com quem dividir. Chorou até começar a pensar se valia a pena chorar, já que não tinha ninguém para se compadecer dela. Se uma Denise chora e ninguém ouve, teria Denise chorado mesmo? Suspirou. Aquilo não podia ser o fim dela. Ela tinha um sonho. Seu sonho era maior que aquela tristeza toda. Tinha que ser maior.

As nuvens lacrimosas enfim se descortinaram, revelando uma estrada cravejada de estrelas. Madame Xanadu acelerou túnel cósmico adentro e os astros foram formando rastros como postes de luz que riscavam o céu da noite escura. Algo se acendia dentro de Denise.

Não poderia desistir. Já tinha chegado até ali. Não era um erro de cálculo que lhe tiraria da rota pra alcançar seu objetivo. Não era uma tristeza dessas que lhe impediria de se tornar a pessoa que ela sempre sonhara ser. Limpou o que havia sobrado daquelas lágrimas que tanto lhe doeram.

Abriu a janela do apartamento com vista para outras milhares de janelas e viu que cada janela era tão triste como a dela. Pensou que, se as pessoas não tivessem deixado o costume de sonhar, a vida poderia ser mais como um sonho. Talvez, se pudesse de alguma forma ensinar as pessoas a sonhar, elas poderiam ver o mundo como Denise o via. Um infinito de possibilidades em que todos os dias temos o direito de nos reinventar. Pensou então que mais fácil que mostrar às pessoas como sonhar, seria convidá-las a sonhar consigo.

— Seu sonho comigo... — Denise disse, e a consciência repentina que lhe abriu os olhos fez o motor engasgar.

Madame Xanadu não teve medo. Já estavam no lugar certo. Ladeado por estrelas e brilhando tão incandescente como uma, o Opala Diplomata de cor indecifrável desceu em câmera lenta até estacionar amortecido na superfície lunar.

A chofer dos sonhos tirou o cinto que envolvia Denise e lhe disse:

— Bem-vinda à Rádio Memória.

13

UM ANJO AZUL É SÓ UM ANJO AZUL

SEUSONHOCOMIGO

Ela me dá a mão e eu desço do carro para uma atmosfera quase imune à força da gravidade. O toca-discos entrega as últimas notas da canção que nos fez voar. A lua é tão silenciosa que mesmo fora do Opala eu ouço a música com clareza, como se viesse de todo lugar. Olho em volta e percebo várias antenas de alumínio se levantando do chão e se conectando com varais de fiações a perder de vista. Tudo meio cinza, prateado e com cheiro de coisa guardada.

Avanço de mãos dadas com Madame Xanadu, que me leva a uma mesa de madeira escura com duas cadeiras de palhinha trançada prontas para nos receber. Ela aponta onde devo me sentar. Eu me acomodo de frente a um microfone antigo e percebo que existe um igual do outro lado da mesa, onde se senta minha motorista. A música chega ao fim, no momento exato em que ela aciona o microfone.

— Você acaba de ouvir "Acontecimentos", de Marina Lima, aqui na Rádio Memória, sintonizada em você. — Ela sorri devagar e me olha. — E hoje aqui na estação lunar a gente conta com a presença ilustríssima da pessoa mais triste do mundo, acreditem se quiser. Boa noite, Denise!

— Boa noite, Madame Xanadu — eu cumprimento. — Boa noite, sonhadores!

A frequência das ondas eletromagnéticas que parte das antenas parece coisa tangível, como ondinhas no beiço da maré baixa. Eu percebo minha voz se transformando nessa vibração e se espalhando por todo tempo e espaço contínuo. Uma transmissão cósmica com alcance sem precedentes, se propagando por uma intrincada rede de satélites. Madame começa a ler um papel puxado sabe-se lá de onde.

— Denise, depois de longa temporada em São Paulo, voltou a Natal na esperança de reconstruir relações e começar de onde parou. — Ela me olha com uma ternura quase pesada. — Então, Denise, conta pra gente: Como é que tá sendo essa montanha-russa?

— Ah, Madame — digo, num suspiro. — Podia ser mais fácil. A impressão que eu tenho é que a cidade que eu conheci não existe mais.

— E a Denise que Natal conheceu ainda existe? — ela me pergunta, com um olhar curioso saindo do chapéu.

— Em algum lugar aqui dentro, eu acho que sim — respondo, meio em dúvida.

— Então é lá que você tem que ir pra encontrar essa Natal que você acredita não existir mais. — Ela pisca o olho e traga a fumaça do cigarro. — A gente só sente que as cidades mudam quando a gente não está por perto para mudar junto com elas.

— É, mas por que eles tinham que ter derrubado logo o anjo azul?

Ouço um rangido astronômico. A superfície da lua começa a tremer. Madame se segura na mesa. Como meteoros, os escombros de concreto azul surgem de todos os cantos do universo e se juntam em sinfonia opaca e sibilante até formar a imagem de um enorme anjo azul suspenso no breu do céu, não muito longe dali.

Meu queixo cai. A figura celeste flutua no ar, se mexendo de forma etérea e monumental, batendo devagar suas grandes asas enquanto empunha uma trombeta silenciosa próxima aos lábios. Esse anjo é muito maior que a estátua que ficava na entrada da galeria de arte, mas, de alguma forma, é exatamente como eu me lembro.

— E qual o grande segredo que se esconde por trás dessa estátua? — ela me pergunta, com genuína curiosidade.

— Não tem segredo nenhum. É só que um dia eu sei que vou acordar e não vou mais me lembrar de como ela era — me angustio —, e não acho justo ela ser esquecida e transformada num monte de escombro de construção civil.

A colossal imagem do anjo plana eterna no escuro da noite espacial. Eu respiro fundo. Ela puxa o microfone para perto de si para falar quase em sussurro:

— Mas é só um anjo azul.

— Nunca é só um anjo azul — respondo. — É sempre uma metáfora. Talvez eu só não quisesse que ninguém se esquecesse de mim.

— Bingo — ela arremata, e se dirige a uma câmera invisível. — Pra você que tá chegando agora, hoje a gente conversa com Denise, a pessoa mais triste do mundo, na Rádio Memória: o som da sua lembrança.

— Eu não sou a pessoa mais triste do mundo — reajo, indignada. — Eu só não tô num dia muito bom.

— Você disse que era a pessoa mais triste do mundo — diz ela, e me pega no pulo.

— Nem tudo que eu digo deve ser levado a sério.

— Ou você só tem muita pena de você — pontua ela, e pausa em baforada antes de continuar: — Esses escombros podem ser parte de quem você já foi, mas eles não definem quem você é.

Ondas de rádio eletrificadas percorrem os varais de fios que ligam todas as antenas da estação lunar. Eu fico em silêncio porque não sei o que dizer. Percebo o peso que é arrastar uma ruína por tanto tempo. Estou cansada.

O enorme anjo metafórico começa a se dissolver aos poucos num som de areia escorrendo pelos dedos para se tornar uma brilhante aurora boreal de madrepérola e se estender no céu como uma infinidade de lençóis cósmicos. Madame Xanadu traga longamente seu interminável cigarro antes de me dirigir a palavra de novo.

— A gente sabe que tem muita coisa que você queria ter feito diferente...

— É, mas já foi — interrompo. — Eu não tenho como restaurar o passado. Já tentei o suficiente pra entender que não dá certo. Mas isso também não significa que eu não possa criar um "daqui pra frente" melhor pra mim. Que eu perca o direito de ser feliz por causa das merdas que eu fiz. Eu sei que eu tenho muita dificuldade em me perdoar, em deixar as coisas pra trás, mas isso é só uma parte do processo que preciso encarar. Viver é um rasgar e reconstruir eterno em que a única constante é seguir em frente.

Sinto as palavras como um brilho muito forte que me toma de dentro pra fora. Sei que são verdadeiras. Sei que significam alguma coisa. Acredito em cada uma delas enquanto o meu corpo parece se encher de mais e mais luz.

As cortinas de aurora boreal se abrem, revelando milhões de pessoas abraçadas a lençóis e travesseiros. Gente que eu conheço e que eu não conheço pairando como estrelas brilhantes no espaço sideral. Uma acalorada salva de palmas toma conta de tudo.

Eu sorrio, finalmente acolhida.

Naquela noite eu, você e todas as pessoas que existem e não existem sonharam com Denise.

14

MANUAL PARA MATAR DENISE

SEUSONHOCOMIGO

para denise
um abraço na alma
e um soco no coração

LUX

UM DIA, DENISE SE OLHOU NO ESPELHO, PERCEBEU QUE ERA DENISE E FICOU HORRORIZADA.

DENISE ENTROU EM CRISE COM A CONDIÇÃO DO SER. QUERIA NÃO SER TÃO DE VERDADE. QUERIA SER UMA IDEIA.

ARRUMOU ENTÃO AS MALAS E SUMIU NUMA NUVEM DE BYTES PRA MORAR NA INTERNET.

PASSEOU POR ENTRE VÍDEOS, FOTOS E TEXTÕES.

SE ABRAÇOU NA JANELA DA EXISTÊNCIA ALHEIA, MAS, A CADA TELA QUE SE APAGAVA, LÁ ELA ESTAVA.

E PARA SE ALIVIAR DO PESO DE SER QUEM ERA, INVENTOU UMA NOVA VERSÃO DE SI.

UMA DENISE MELHORADA.

ALGUÉM QUE ERA MAIS COMO ELA SONHOU.

QUE TINHA SÓ SUAS PARTES MELHORES, UM BRILHO DIFERENTE NO OLHAR E UM AR DE SOFISTICAÇÃO.

CRIOU ALGUÉM EXATAMENTE IGUAL A ELA (MAS COMPLETAMENTE DIFERENTE) PRA PODER EMOLDURAR EM SUA JANELA LUMINOSA.

E ERA TANTA GENTE
PASSANDO NA FRENTE
DA JANELA DA OUTRA DENISE,
TANTOS FOGOS, CLAMOR, FREVO
E PAIXÃO, QUE DENISE
QUASE ESQUECEU QUE
AINDA ERA ELA.

MAS AINDA ERA ELA.

E AINDA ESTAVA ALI.

E MESMO QUE INVENTASSE UM MILHÃO DE DENISES, NENHUMA DELAS DARIA CABO DE SI.

ELA SE CANSOU DO CONTO
DE SORRISOS CASUAIS, DE
CANTADAS ESPERTINHAS
E MISTÉRIOS ABISSAIS,
E MATOU A OUTRA DENISE
COM DELETES SOCIAIS.

DENISE VOLTOU PRA CASA
DO JEITO QUE FOI EMBORA
E, ENQUANTO BYTES SE
DISPERSAVAM, UM NOVO
SONHO LHE CONVIDOU
A DORMIR NA MESMA HORA

"TODO DIA A GENTE MORRE PRA ACORDAR EM OUTRO LUGAR."

Z
Z
Z
Z
Z
Z
Z

15

REBORDOSA

SEUSONHOCOMIGO

Mesmo já fazendo alguns meses, Denise estava certa de não aparecer. Mas, como no dia o próprio Lúcio a convidou, ela acabou mudando de ideia. O lançamento estava marcado para o fim de tarde, no mesmo café em que se reencontraram antes do casamento de Bianca quase acontecer. Na calçada, rostos conhecidos e desconhecidos, que conversavam animados, se silenciaram ao ver Denise se aproximar. Tremia um pouco por dentro. Não tinha visto Lúcio ou Bianca desde o episódio em Pipa. Sabia que a melhor coisa que podia fazer era se afastar.

Caminhou, indiferente aos rostos curiosos com a sua presença, e de longe enxergou Lúcio de jaqueta de couro preto cravejada de rebites, como uma estrela do rock, debruçado numa mesa de tampo ladrilhado assinando uma pilha de livros cujo título se lia: *Manual para matar Denise*. Sentiu o mesmo calafrio que sentiu ao ver as primeiras imagens de divulgação do lançamento. Claro que todo mundo queria saber por que alguém jurada de morte por uma capa de livro tinha resolvido dar as caras por ali. Denise tomou o lugar na fila que esperava pelos autógrafos do autor.

Lúcio se levantou da cadeira e abraçou Bianca, que aguardava pelo livro assinado e um registro fotográfico. Denise engoliu em seco. Os dois sorriam de orelha a orelha. Ele se sentou para autografar o livro seguinte da fila, e Bianca percebeu a presença da amiga e seguiu em sua direção, num tempo que para todos os sentidos de Denise pareceu interminável. Mas que floresceu da melhor forma possível. Bianca a abraçou com tanto carinho que Denise sentiu todas as suas defesas se desfazendo como anjos azuis em auroras boreais. Denise enxugou os olhos molhados.

— Ainda bem que você veio — Bianca lhe disse, sorrindo. — Não ia ser a mesma coisa sem você.

— Como é que você tá, amiga? — perguntou Denise.

— Vivendo um dia depois do outro. Às vezes ainda me pego pensando na loucura que foram aqueles dias fugindo do mundo depois do casamento. Eu tava precisando urgente ser interditada.

— Amiga, desculpa — disse Denise, como se tirasse aquelas palavras de um lugar de onde já queria tirar havia muito tempo.

— Não, Denise — Bianca dispensou as desculpas da amiga. — Você não fez nada de mais. Tudo que fiz foi porque eu queria fazer. Você não tem culpa nenhuma de ter entrado na minha onda.

— É, mas eu não tô falando de agora, não. — Denise respirou fundo. — Tô falando de quando eu fui embora de Natal.

Os olhos de Bianca foram para uma expressão de nostalgia enquanto acompanhava, com Denise, a fila que se movimentava.

— Você fez o que achou que tinha que fazer — respondeu, e procurou a mão de Denise com a sua. — Não tem nenhuma vergonha nisso. E também, naquele tempo tava todo mundo meio perdido.

— Obrigada, amiga.

Denise sorriu, suave, e Bianca lhe abraçou de novo. Seu coração batia aliviado, acompanhando o ritmo em que vibrava do peito de Bianca. Sentiu-se em casa. A amiga confessou-lhe ao pé do ouvido:

— Você foi o quase grande amor da minha vida, e os quase amores, esses que não chegam a acontecer, nunca se acabam.

Seus olhares se prenderam como elos de corrente por um breve segundo que se repetiria para sempre. Se amaram longamente enquanto durou aquela pequena eternidade. Denise quebrou o silêncio:

— Bom, pelo menos um de vocês não quer me matar — disse, com um meio sorriso dentro da boca, enquanto apontava o livro na mão de Bianca.

— Amiga, você já leu? — ela perguntou. — É curtinho e tem um monte de desenho! Eu tenho a impressão de que você vai gostar...

Bianca se despediu de Denise e foi atrás de Wanda Banana, que trocava risadas indecorosas com um Jimmy bronzeado. Lúcio atendia a última pessoa na fila antes de Denise. Era Babi, sua ex-colega de trabalho que o assombrou no posto de gasolina quando estavam indo para Pipa. Ela documentava cada momento da assinatura.

— Menino, bem que você disse que ia lançar um livro! — Babi estava em êxtase. — Eu tô passada! Você é barra ponto com.

Ele se levantou sorrindo e aceitou sem ressalvas a selfie com o projeto de Barbie. Estava feliz. Não precisava mais disfarçar coisa alguma. Babi saiu de cena deixando Lúcio e Denise frente a frente e um silêncio entre os dois. Lúcio sorriu e a trouxe para um abraço.

— Amiga, você viu?

Ele apontou para a pilha de livros, animado.

— Eu vi, Lúcio! Eu vim por causa disso — ela riu, aliviada. — Você me chamou, lembra?

— Eu achei que não ia dar certo você vir... — disse Lúcio, apreensivo. — Obrigado.

— Com um título desse, eu não tinha como não vir — explicou Denise. — Vai ser *best-seller* com certeza. Tô muito curiosa pra descobrir de quantos jeitos você me matou aqui — brincou.

Ele riu em silêncio, voltou a se sentar à mesa e entregou um dos livros da pilha para Denise.

— Pega! Vá lendo esse enquanto eu assino outro pra você — disse Lúcio.

Ela recebeu o livrinho das mãos de Lúcio e, dividida entre hesitante e ansiosa, passou a primeira folha. E a próxima. E a próxima. E a próxima. Denise leu, sorriu e se emocionou com aquela história, como se vivesse tudo de novo a cada descortinar de página. Terminou o livro com os olhos brilhantes de lágrimas, enquanto Lúcio entregava seu exemplar autografado: "Para Denise, um abraço na alma e um soco no coração." Ela ficou por ali, em pé, um tempo, processando aquela história que era tão de Lúcio quanto sua.

— É lindo, amigo — disse Denise, quase abraçando a publicação. — Seu livro é lindo. É exatamente assim que eu me sinto. Exatamente assim.

— É porque é seu livro também, né? — disse ele, um pouco sorrindo e um pouco chorando.

Denise se sentiu iluminar de dentro para fora, enquanto o amigo lhe procurava para um novo abraço e uma fotografia. Passara muito tempo achando que não merecia coisas boas e, no entanto, lá estavam elas, na sua frente. Lúcio gritou por Bianca para participar também da foto. Wanda Banana e Jimmy correram, achando que o convite também se estendia a eles. Babi não quis só ser a responsável pelo registro e entregou o celular para outra pessoa. Bento apontou na porta do café. Denise cochichou no ouvido de Lúcio, em segredo:

— Menino, isso é Bento?

— É, menina — Lúcio respondeu, num sussurro contente. — Saiu do seminário.

Bianca acenou que Bento se aproximasse e ele se apressou pra fazer parte da foto, abraçando Lúcio. Entre brincadeiras, cochichos e risadas, Denise sorriu um sorriso que não sorria havia muito tempo.

16

A HORA DA ESTRELA

SEUSONHOCOMIGO

Boa noite, sonhadores,

Espero encontrar todos vocês bem. Eu tava pensando que não ia nem dar tempo pro nosso momento dessa noite, mas que bom que estamos aqui de novo. Pra quem não me conhece, eu me chamo Denise e este é o #SeuSonhoComigo.

Então já vai desligando a luz, se aconchegando e buscando ficar bem confortável. Agora a gente vai começar a prestar atenção na nossa respiração. O ar que entra fica um pouco e vai se indo embora. Começa a fazer consciente o que você costuma fazer no automático. Sentindo seu pulmão se encher e expandir, criando novos espaços internos. Relaxando devagarinho tudo que tem de tenso no corpo de dentro pra fora.

Eu queria trazer vocês pra dentro de um sentimento, mas a gente só consegue chegar nele passando pelo salão dos espelhos. Que é esse lugar coberto de reflexos infinitos onde você está agora. Em cada um deles você aparece diferente: triste, feliz, feio, inadequado. Em cada espelho uma faceta sua, tão oposta a todas as outras e tão exatamente igual. Como se seus fragmentos estivessem expostos à sua frente e você não aguentasse a ideia de que todas aquelas pessoas absurdas são você.

Você se desespera e os tremores que tomam seu corpo fazem todos os espelhos se estilhaçarem, revelando um breu eterno que se espalha a perder de vista. Tem certeza de que é a pessoa mais triste do mundo. Você tem certeza de que não há ninguém nesse momento que se sinta como você. Você não entende como alguém ainda consegue conviver com uma pessoa como você. E também não há por que se preocupar, já que todos estão a quilômetros e quilômetros de distância. E a única pessoa que lhe faz companhia nesse momento é a última que você quer ver. Todo mundo já teve um momento assim. Você sabe que momento é esse. E agora você está lá.

Você se dobra dentro de si porque não sabe mais o que fazer. Quer desaparecer do mundo. Quer não existir. Quer se virar em mera saudade. E vai diminuindo e diminuindo e diminuindo até se tornar a menor partícula do universo. Algo impossível de se tornar outra coisa. Impossível de se escapar. Impossível. E fica por ali adormecido, por uma semana ou um século, ou o tempo que for necessário, flutuando no escuro sem fim.

E, no tempo certo, algo começa a se desdobrar dentro de você, que é ainda a menor partícula do universo. Uma luz insistente se abre como uma pequena flor no seu ponto mais nuclear. Um fiapo luminoso que se expande com tentáculos irrompendo espaços dentro de você, lhe enchendo de algo que você tinha certeza de que não era mais possível sentir. Um sentimento tão poderoso que é capaz de irromper qualquer espaço: uma fagulha de esperança. Então você se segura nessa esperança, porque é do ser humano se segurar, e ela te envolve de forma tão avassaladora que agora você já não é mais a menor partícula do mundo.

Você é explosão, você é intensidade, você é sorriso e você é vida. Você, meu bem, é você. E nesse momento você se incandesce em combustão para se tornar uma coisa absolutamente nova. Algo que ninguém nunca viu. Uma nova versão de você. E sua luz é tão forte que dissolve o breu em segundos, revelando uma infinidade de estrelas-pessoas por todos os lados. Você é parte de todas elas, e de alguma forma todas elas têm um pedaço seu. São todas as estrelas que você escolheu costurar no seu céu.

Agora, enquanto um brilho lhe transborda de dentro pra fora, você consegue finalmente perceber que não só está rodeado de estrelas, como é também uma. E que, mesmo quando tudo parece mais escuro, as estrelas sempre encontram um sonho novo pra sonhar.

E acordar quando se fizer preciso.

Porque tudo que hoje existe um dia já foi sonhado.

E o único jeito de realizar sonhos é de olhos bem abertos.

CARTA PARA DENISE:

Essa noite sonhei com você, Denise. Você também me disse que todo mundo ali era eu. E eu achei um banho-de--água-fria-muito-demodê-ser-tão-real. Mas quanto mais eu paro e penso, sim, Denise, você sou eu também, com esse desejo de ser muitas outras coisas mais interessantes e maiores do que sou (do que somos, baby), mas no fundo, no fundo, o que resta é a gente.

Denise, ou a gente se ama, ou melhor, vamos ser menos exigentes, ou a gente se tolera, ou a gente não existe. Não dá para eu, você, Lúcio, Bianca e quem quer mais que seja, até Madame Xanadu, sermos outra coisa diferente da gente. A gente é a gente e, depois que entende como é ser isso, pode ser outras coisas mais erguidas nesse alicerce. E olha que tem que ser um alicerce forte para sustentar qualquer coisa, porque moramos numa cidade de dunas, tudo rui.

Mas o problema não é a cidade, nunca foi. Não no seu caso. O problema é que, quando a gente tá na pior, qualquer lugar parece sarjeta. Se você estivesse na pior, realmente na pior, naquelas de estar tão ruim que nem se nota o quanto é triste como se está vivendo, até a lua ia parecer algo assim como um esgoto ou um bueiro.

Denise, tá na hora de crescer. Essa coisa do tornar-se adulto para além da idade, parar de distrair a mente com complexas tramas adolescentes, que ocupam tempo demais e no fundo, no fundo são sempre uma corrida atrás do próprio rabo. Eu tô falando isso também porque você apareceu no meu sonho e você também sou eu.

Estamos crescendo.
Crescendo.
Acho que a história se trata disso. Estamos crescendo.
Crescendo com o corpo todo.
Não vai ser só nossa cabeça que alcançará as nuvens.
Nosso corpo todo está crescendo para abraçar estrelas.
Você, Denise, será uma supernova.

FERNANDA CUNHA
(atriz e dramaturga)